共和国的历程

空中猛龙

中国系列战机研制成功

周宝良 编写

蓝天出版社 吉林出版集团有限责任公司

图书在版编目（CIP）数据

空中猛龙：中国系列战机研制成功 / 周宝良编写.
—北京：蓝天出版社，2014.10（2023.3重印）
（共和国的历程）
ISBN 978-7-5094-1252-7

Ⅰ.①空… Ⅱ.①周… Ⅲ.①革命故事－作品集－中国－当代 Ⅳ.①I247．8

中国版本图书馆 CIP 数据核字（2014）第 232650 号

空中猛龙——中国系列战机研制成功

编　　写：周宝良
策　　划：金永吉　荆忠峰
责任编辑：梅广才　王燕燕
出版发行：蓝天出版社　吉林出版集团有限责任公司
地　　址：北京市复兴路 14 号
邮　　编：100843
电　　话：010—66983715
经　　销：全国新华书店
印　　刷：北京楠海印刷厂
开　　本：710mm×1000mm　1/16
字　　数：69 千
印　　张：8
版　　次：2016 年 3 月第 1 版
印　　次：2023 年 3 月第 3 次
定　　价：29.80 元

前　言

中华人民共和国自 1949 年 10 月 1 日成立以来，已走过了六十多年的风雨历程。历史是一面镜子，我们可以从多视角、多侧面对其进行解读。然而有一点是可以肯定的，那就是，半个多世纪以来，在中国共产党的领导下，中国的政治、经济、军事、外交、文化、教育、科技、社会、民生等领域，都发生了深刻的变化，中国人民站起来了，中华民族已屹立于世界民族之林。

这段时间放到整个历史长河中是短暂的，有如弹指一挥间，但它带给中国的却是极不平凡的。六十多年里神州大地经历了沧桑巨变。从开国大典到 60 年国庆盛典，从经济战线上的三大战役到经济总量居世界前列，从对农业、手工业、资本主义工商业的三大改造到社会主义市场经济体制的基本确立，从宜将剩勇追穷寇到建立了强大的国防军，从废除一切不平等条约到独立自主的和平外交政策，从"双百"方针到体制改革后的文化事业欣欣向荣，从扫除文盲到实施科教兴国战略建设新型国家，从翻身解放到实现小康社会，凡此种种，中国人民在每个领域无不留下发展的足迹，写就不朽的诗篇。

六十几年在历史的长河中犹如沧海一粟，但对身处其间的个人却是并非无足轻重的。其间究竟发生了些什么，怎样发生的，过程怎样，结果如何，非人人都清楚知道的。对此，亲身经历者或可鲜活如昨，但对后来者却可能只是一个概念，对某段历史的记忆影像或不存在或是模糊的。基于此，为了让年轻人，特别是青少年永远铭记共和国这段不朽的历史，我们推出了这套《共和国的历程》。

《共和国的历程》虽为故事形式，但与戏说无关，我们是想借助通俗、富于感染力的文字记录这段历史。这套丛书汇集了在共和国历史上具有深刻影响的重大历史事件。在丛书的谋篇布局上，我们尽量选取各个时代具有代表性的或深具普遍意义的若干事件加以叙述，使其能反映共和国发展的全景和脉络。为了使题目的设置不至于因大而空，我们着眼于每一重大历史事件的缘起、过程、结局、时间、地点、人物等，抓住点滴和些许小事，力求通透。

历史是复杂的，事态的发展因素也是多方面的。由于叙述者的视角、文化构成不同，对事件的认知或有不足，但这不会影响我们对整个历史事件的判断和思考，至于它能否清晰地表达出我们编辑这套书的本意，那只能交给读者去评判了。

这套丛书可谓是一部书写红色记忆的读物，它对于了解共和国的历史、中国共产党的英明领导和中国人民的伟大实践都是不可或缺的。同时，这套丛书又是一套普及性读物，既针对重点阅读人群，也适宜在全民中推广。相信它必将在我国开展的全民阅读活动中发挥大的作用，成为装备中小学图书馆、农家书屋、社区书屋、机关及企事业单位职工图书室、连队图书室等的重点选择对象。

编　者

2014 年 1 月

目　录

目 录

一、 中央决策

● 1949 年 1 月 8 日，中央明确提出："1949 年及 1950 年，应当争取组成一支能够使用的空军，这种可能性是存在的。"

● 毛泽东听了周恩来向他汇报何长工要搞航空工业的想法后，高兴地说："长工要搞这件事，好吧！给他添把柴火，把火点燃起来。"

● 何长工笑着对维辛斯基说："有什么不容易做呀，毛泽东主席一个电报，斯大林一批就解决了，你这个外交部长啊，最滑头。"

任命刘亚楼为空军司令

1949 年 6 月初的一天，第四野战军第十四兵团司令员刘亚楼打点行装，准备率部南下时，突然接到中央军委的通知，让他去毛泽东的住处，受领新的任务。

早在年初的 1 月 8 日，中共中央政治局向全党发出《目前形势和党在 1949 年的任务》的指示。

在指示中，中央不失时机地明确提出：

1949 年及 1950 年，应当争取组成一支能够使用的空军，这种可能性是存在的。

1949 年 3 月 8 日，在中央召开党的七届二中全会期间，毛泽东、刘少奇、周恩来、朱德等领导人，特别听取了东北老航空学校主要领导常乾坤、王弼关于学校情况的汇报。

常乾坤汇报了建立新中国航空事业的设想，以及组建中央军委直属下的航空领导机构的建议。

中共中央、中央军委十分重视他们的汇报与建议，当即指示他们着手筹划组建人民空军。

3 月 17 日，中央军委决定成立军委航空局。19 日，中央军委电令东北军区和中国人民解放军第四野战军领导人，通知他们：

> 根据常乾坤、王弼的建议，中央军委已决
> 定设立航空局。

3 月 30 日，中央军委任命常乾坤为军委航空局局长、王弼为政治委员，宣告军委航空局正式成立。航空局在北平灯市口同福夹道 7 号开始办公。

5 月 4 日，6 架美制国民党 B－24 轰炸机轰炸了北平南苑机场，震惊了中共中央。来自空中的威胁让毛泽东强烈感受到，建设一支强大的人民空军，已是刻不容缓的事情。

此后，中央分析了解放战争节节胜利的形势后认为：

> 最后解放海南、台湾要跨海作战，必须有
> 空军、海军和内应，应加快空军建设步伐。

一听说接受新任务，刘亚楼感到有点纳闷：前不久刚刚传达了党的七届二中全会精神，毛泽东就当时的革命形势、进军江南和接管新区的方针政策作了重要指示，而且自己刚刚被任命为十四兵团司令员，这又有什么新的任务呢？

刘亚楼坐在吉普车里猜了一路谜。到了毛泽东的住处，他向毛泽东敬礼后，就急切地问道："主席，叫我来

中央决策

一定有重要任务吧?"

"你的感觉很敏锐哟。"毛泽东直起身笑着握住刘亚楼的手,开门见山地说,"刘亚楼,你仗打得不错,又在苏联吃了几年洋面包,要你从陆地上天,负责组建空军怎么样?"

还是在年初时,兼任东北航空学校校长的刘亚楼就知道中央正准备筹建空军的事,但让自己负责筹建空军,那是压根儿就没有想到的。

正欲雄心勃勃挥戈南下的刘亚楼一下子就愣住了,颇有些吃惊。毛泽东的话音刚落,刘亚楼连忙说道:"主席,我在苏联是学陆军的,不懂空军,怕做不了。"

"要我去我也不懂,可总得有人去领个头。"毛泽东边笑边指着刘亚楼说,"好嘛,我就是要你这个自认为做不了的人做。"

停了一会儿,毛泽东又意味深长地说:"解放全国大陆已时日不远,而解放台湾则要费较大的气力。渡海作战的关键是空军和海军,空军虽然空空如也,但中央信任你,让你负责这一摊子,你不会是那个空空如也的'空'军司令。"

面对毛泽东充满了期待、信任的目光和略有激动的言语,刘亚楼一时不知说什么为好。

毛泽东接着说:"你做了那么多年的部队思想政治工作,难道今天还要我做你的思想工作不成?好吧,你去周副主席那边,他同意让你南下,我没意见。"

刘亚楼告辞后，拔腿走出了菊香书屋。途中遇到因病留在北平的罗荣桓，罗荣桓问明情况后说："你去找周副主席也没用，中央已经定了。"

刘亚楼说："可我对空军确实一窍不通啊！"

罗荣桓说："有谁一开始就对空军能通呢，不懂可以学。中央信任你才叫你挑这个重担啊。"

"那我这个空军司令是当定啰？"

"当定啰。"

"好，那我就边学边干，边干边学吧！"

告别罗荣桓后，刘亚楼重新回到菊香书屋，对着毛泽东敬了个军礼说："想通了，干！"

"哎，这才像雷厉风行的刘亚楼！"毛泽东满意地笑了。

当晚，毛泽东谈兴甚浓，与刘亚楼一直交谈到深夜。

毛泽东谈到人民军队从南昌起义、秋收暴动，经历了长期的革命战争，快要打出一个新中国来了，靠的完全是陆军用小米加步枪打地面战争。可第二次世界大战的事实说明，空军在现代战争中的作用越来越重要。我们不可没有空军啊！

夜深了，毛泽东把刘亚楼送到门口，拉着他的手说："我们在延安时还没有条件成立空军。现在好了，有了已经培养出来的一些同志，有了广阔的天地又接收了国民党留下的一些基地和设备，建立人民空军的基本条件已经具备。"

中央决策

从此，刘亚楼离开了四野，担负起组建空军的重任。与此同时，刘少奇率团访问苏联，向苏方正式提出帮助中国建立空军问题，得到了斯大林的应允。

1949年11月11日，中央军委致电各军区、各野战军宣布：

> 中国人民解放军空军司令部现已成立，原军委航空局取消，原航空局所有干部及业务均移交空军司令部接收。
>
> 空军领导机关设置参谋部、政治部、训练部、工程部、后勤部、干部部6个部门。

至此，空军领导机关完成初步组建工作。接着，东北军区、华北军区、华东军区、中南军区、西南军区、西北军区的空军领导机关相继成立，实行军委空军和大军区双重领导。

在此前的7月10日，根据朱德的建议，毛泽东就给周恩来写信，提出建立空军问题。

毛泽东在信中说：

> 我们必须准备解放台湾的条件……我们现有空中力量要压倒敌人空军在短期内是不可能的。但仍可考虑派三四百人去苏联学习6至8个月，同时购买飞机100架左右，连同现有的

力量组成一个攻击部队。

第二天，周恩来即召集刘亚楼等开会，研究建立空军的问题，并责成刘亚楼提出领导干部的人选和领导机关的组建方案。

随后，刘亚楼与常乾坤、王弼很快提出相应的方案，上报给了中央军委。

7月26日，中央军委分别给四野领导人、中共中央华中局发去电报指出：

> 必须以建立空军为当前首要任务，此种条件已渐渐生长，准备一年左右可用于作战，并已决定刘亚楼、萧华负责组建空军工作。

8月1日，中央军委电令四野领导人：

> 十四兵团指挥机关作为组建空军司令部基础，速来北平待编。

随后，十四兵团机关官兵2000多人从武汉出发，于8月19日进驻北平南苑。10月下旬，与军委航空局合署办公。

9月21日，毛泽东在中国人民政治协商会议第一届全体会议上宣布：

中央决策

我们将不但有一个强大的陆军，而且有一个强大的空军和一个强大的海军。中国必须建立强大的国防军。要迅速把我军提高到足以在现代化的战争中取胜的水平。

10月25日，中央军委正式任命刘亚楼为空军司令员，萧华为空军政治委员兼政治部主任，王秉璋为空军参谋长，又任命常乾坤为空军副司令员，王弼为空军副政治委员。

11月9日，聂荣臻向毛泽东报告，空军领导机关正式成立的条件已经具备。11月11日，宣布成立中国人民解放军空军司令部。

就这样，在毛泽东、刘少奇、周恩来和中央的直接领导下，经过一年多紧锣密鼓的工作，中国人民自己的空军建立起来了。

后来，中央军委决定：

1949年11月11日，为中国人民解放军空军成立日。

空军提议建立航空业

1949年11月14日，空军司令员刘亚楼、副政委王弼与苏联顾问科托夫、普鲁特柯夫，联名向毛泽东呈送了关于组建航空工业队伍和建立工厂、学校、研究院以及开展修理、制造等的计划、步骤的全面建议报告。

其实，早在中央军委航空局成立之初，中央就已经开始酝酿创立航空工业了。在空军司令部成立之前，中央派刘亚楼、王弼等参加刘少奇率领的中央代表团，具体商谈苏联帮助中国建立空军的各项事宜。

与此同时，苏联政府应邀派出航空工业与生产组织研究院院长博伊佐夫等，来华考察中国航空工业的建设条件，指导拟制关于建设航空工业的意见书。

1950年1月5日，刘亚楼又与重工业部代部长何长工联名向中央呈报了《关于航空工业建设的意见》，提出了建工厂、研究院所、学校的详细建议。

3月，重工业部还设立了航空、汽车工业筹备组，由副部长刘鼎兼任组长。

中共中央政治局经过研究，考虑到新中国刚刚诞生，国家财政十分困难，决定暂缓建设航空工业，飞机修理仍由空军担负。

朝鲜半岛战争爆发后，朝鲜在战场上频频获胜，很

中央决策

快攻破了汉城，朝鲜人民军挥师南下，势如破竹。朝鲜人民军从多方向推进到朝鲜半岛南部，李承晚政权岌岌可危。为挽回败局，9月15日，美军将领麦克阿瑟组织"联合国军"在仁川登陆，将朝鲜人民军的补给线拦腰切断了。

在强大的美国空军攻击下，朝鲜少得可怜的空军力量只几天工夫便被摧毁殆尽，在没有空军掩护的条件下，地面部队进退两难，战争态势突然变得扑朔迷离起来。

于是，金日成向斯大林告急，要求苏方直接军援，斯大林要金日成转求毛泽东。

事实上，朝鲜战争一爆发，毛泽东就预感到战争将给新中国带来阴影。在接到金日成的告急信息后，毛泽东说："邻人危急，我们在旁看着，怎样说，心里也难过呀。那就帮帮他吧。"

就在美军攻陷平壤市的当天晚上，刚刚被任命为中国人民志愿军司令员兼政委的彭德怀，毅然率领10多万志愿军部队，兵分三路悄悄地渡过鸭绿江。

此后不久，美军炸毁鸭绿江大桥，志愿军后援部队受阻。紧接着，志愿军和朝鲜政府没有足够的战斗机与美国空军抗衡，战场的制空权被美军牢牢地控制住了。

于是，彭德怀向中南海告急：志愿军急需大量的战斗机。随后，毛泽东很快下定决心，将原计划用于解放台湾的空军第四旅重新编组，准备调往东北。

与此同时，中央派出周恩来去莫斯科向斯大林请求援助。斯大林会见周恩来，双方达成约定，由中国派出地面部队，苏联为中国空军提供飞机及高炮等军事技术装备，并直接出动空军部队进行空中支援。

1950年10月中旬，苏联第六十四防空军军长罗波夫将军，奉命派出一个有32架飞机的先遣团，进驻我安东浪头机场。

一个苏联空军团显然太势单力薄了。经过中苏双方的共同努力，一线几个机场的建设大致就绪。

随后，3个苏联空军师陆续从苏联本土调来朝鲜前线，部署在丹东、集安、宽甸等沿鸭绿江一线的机场。

与此同时，中国空军新编的几个准备参战的师先后被调到东北，分驻在辽阳、沈阳、鞍山等二线机场。

而这个时候，远在北京的重工业部代部长何长工的心头，骤然坠上一块巨石。

他知道，朝鲜战事不会一蹴而就，我援朝空军急需大批后援飞机，那么，中国航空工业又在哪里呢？

作为重工业部的一部之长，他意识到：应该把这个问题重新提到议事日程上来。

11月的一天，在一次会议上，何长工向周恩来建议说："我看我们光靠苏联的400架飞机，打这仗困难啊。现在，我们国家很困难，急需优先发展民用工业，这个我理解。我认为，航空工业迟搞不如早搞，这样可以用尖端工业带动一般工业，一般工业又可以促进尖端工业。"

中央决策

周恩来沉吟了片刻，说："你这个想法有道理，待我报告毛主席，再和各方面商量商量。"

于是，何长工开始游说陈云、李富春和薄一波等人。因为这些都是他的老战友，当时都是财委和计委的领头人，是管钱的，是"财神爷"。只有获得了他们的支持，中国的航空工业才有出头之日。

不久，毛泽东听了周恩来向他汇报何长工要搞航空工业的想法后，高兴地说："长工要搞这件事，好吧！给他添把柴火，把火点燃起来。"

中央召开航空工业会议

1950 年 12 月下旬，在中南海西华厅周恩来办公室，周恩来主持召开了一次关于发展我国航空工业的会议。

参加会议的有中国人民解放军代总参谋长聂荣臻、空军司令员刘亚楼、重工业部代部长何长工、刚从东北电讯总公司调进北京来筹建航空局的段子俊，以及其他一些工业部门的领导人。

会议开得很热烈，大家都对新中国空军的发展及航空工业，坦诚地谈了自己的看法。有赞成的，也有反对的。

会议的主持人周恩来一直沉默不语，当他意识到大家把心里话都掏得差不多时，才作了总结性发言。

周恩来说："中国的航空工业建设，要从中国的实际情况出发。我们是先有空军，而且正在朝鲜打仗，大批作战飞机需要修理。

"我们是这么大一个国家，光靠买人家的飞机，搞搞修理是不行的。因此，中国航空工业的制造道路，应当是先适应战争的需要搞修理，再由修理发展到制造。"

随后，周恩来提议由何长工、沈鸿、段子俊三人组成赴苏代表团，与苏联政府具体洽谈帮助中国建设飞机制造厂的事宜。

中央决策

鉴于我国建国时间不长，国家还很穷，而且朝鲜正打仗，周恩来提出了自己的意见。

周恩来对何长工等人再三强调："航空工厂的规模，开始要搞得小些，要保证朝鲜打仗的需要就行了。但建厂的原则是，先修理后制造，由小到大。在设计、建设飞机修理厂的同时，就要通盘考虑今后转变为飞机制造厂的要求。"

在会议结束时，周恩来又对何长工等人再三叮嘱："你们这次去，要谦虚谨慎，要向苏联同志说明我国没有航空工业基础，要从头建设的道理。谈判中有什么问题，随时打电报或电话向国内请示，要慎重从事！"

另外，由于段子俊以前没接触过航空，在飞机修理和飞机制造方面还是个门外汉，所以，周恩来又特意向他交代说："有关飞机修理等具体问题，你再和刘亚楼同志详细谈谈。"

就这样，我国早期的航空工业正式起步了。紧接着，何长工他们开始筹备赴苏商谈事宜。

中苏签署航空援建协议

1951 年元旦这天，何长工一行从北京机场坐飞机，飞往莫斯科。第二日，飞机在莫斯科机场降落。

苏联外交部副部长葛罗米柯和中国驻苏联大使曾涌泉，接待了何长工一行。

随后，葛罗米柯和曾涌泉亲自将中国代表团，送往莫斯科的一家高级宾馆安顿下来。

在双方正式举行谈判前，何长工曾听中国大使馆有关人员介绍，苏方有关部门，对援助中国建设航空工业的态度，还是有分歧。苏方有一部分人，对支持中国搞航空工业持怀疑或反对态度。

何长工就想，如何顺利地完成这次任务呢？他准备在主持这次谈判的苏方主要负责人，即苏共中央政治局委员、外交部部长维辛斯基身上打开缺口。

何长工认为，只要说服了这个关键人物，谈判的基础就有了。经过再三衡量，何长工决定单独约见一下维辛斯基。维辛斯基原是苏联驻英国的大使，是一位久经沙场的外交老手。

双方一见面，何长工就对维辛斯基说："部长同志，我要见斯大林元帅。我想请你给斯大林同志挂个电话，我有事要跟他谈一谈。"

中央决策

维辛斯基听后，笑着说："我是斯大林同志派来主持同你们谈判的全权代表，你有什么事可以跟我讲嘛。"

何长工严肃地说："我知道你这个人思想很保守，不想把东西给我们，你是官僚主义，我跟你讲不通的。你打电话吧，就说中国一位老游击队员，要见见斯大林元帅。他是国际主义的领袖，我们国际战士应该看看他，只见 5 分钟就行！部长先生，可以吗？"

何长工说"官僚主义"，用的是俄语。维辛斯基笑了笑，岔开了话题。他有些迷惑不解，这个跛脚的中国游击队员竟十分流利地说了一句俄语。

于是，维辛斯基改用法语同何长工交谈。随后，又改用英语、德语和拉丁语同何长工交谈。

令维辛斯基惊诧的是，面前这位跛脚中国人竟用同样的语言对答如流，而坐在身边的翻译曾涌泉就成了"摆设"。

维辛斯基说："你们困难太多了，这个生意不容易做啊！"

何长工笑着说："有什么不容易做呀，毛泽东主席一个电报，斯大林一批就解决了，你这个外交部长啊，最滑头。"

维辛斯基用手指着："喏喏，你这个人最调皮。"

何长工笑着说："我调什么皮？实话对你说吧，如果说'调皮'，我只是个中等'调皮'的。最大的'调皮鬼'没有来哩。"

何长工接着说："部长先生啊，我们中国没有这些'调皮鬼'坚持革命，蒋介石800万军队能被打垮吗？"

哦，维辛斯基顿时明白了，何长工所指的中国最"调皮的人"就是毛泽东。

最后，维辛斯基站起身来，握着何长工的手说："何同志，我接受你的意见。我先召集几个部来商量一下，既然客人进了门，就不能不谈。可是你们也要有个心理准备，谈判可能成功，也可能不成功。"

1951年1月8日，中苏双方谈判正式开始。谈判的主持者和领导者，仍是外交部部长维辛斯基。

由于维辛斯基的态度微妙的变化，苏联政府派出了由国防部部长伏罗希洛夫、外贸部部长米高扬、航空设计院院长波伊索等7个部门部长参加的七人委员会。

谈判基本上顺利。谈判中分歧最大的问题是工厂设计究竟在哪里进行，苏方主张在莫斯科设计，我方主张在中国设计。

何长工说："工厂设计不放在中国，勘探等都有困难。我们不能每天坐着飞机往莫斯科跑吧。"

再就是苏方主张先修理，以后再考虑制造。我方则坚持在设计工厂时，就要把制造的安排考虑在内。

就这样，经过18天的谈判，在我方的原则和预想的基础上，基本达成了协议。这个协议的具体内容是：

1. 包括修理、制造在内的航空工业全部工

中央决策

程，由苏方包办。待协议正式签订后，即可派出8名顾问、100名专家来中国协助援建。

2. 为承担飞机、发动机的修理任务，以适应抗美援朝战争的急需，拟定先从苏联空军调出一列35个车皮至40个车皮的飞机修理列车提前来华，进行飞机、发动机的小修和中修。

根据修理任务的实际需要，苏方派出500名工程技术人员，来中国担任修理师。

3. 工厂设计工作全部在中国进行。

2月18日，离"协议书"最后的签字仅有一天的时间了，何长工用专线电话向周恩来汇报了双方谈判的情况。

周恩来听取汇报后，认为一次引进规模太大，于是严肃地对何长工说："依我看，宜减少三分之一，电话如果不好详说，以后再搞个补充计划。"

何长工放下电话，左右为难起来。周恩来的指示必须执行，但修改已经定稿的"协议书"，苏方能接受吗？

权衡再三，何长工决定按照周恩来的意见办。当天晚上，何长工、沈鸿、段子俊等人，按照周恩来在电话里所讲的意图，挑灯夜战，又将"协议书"修改了一遍，将工厂的建设规模缩减了一半。

第二天上午，当何长工将修改后的"协议书"拿到谈判桌上，立刻引起苏方的一片哗然。

但在中方坚持下，尽管苏方不满意中方突然袭击式的更改方案，最后，修改后的"协议书"还是通过了。

中午11时，"协议书"被送到了斯大林的办公桌上。这位在习惯午睡时间内不准任何人打扰的苏联最高领导人，终于破了例。

14时许，"协议书"又被送回谈判桌上，斯大林的几行墨迹留在了"协议书"上。原件我方没有，只有电文，斯大林批示的内容大意是：

    1. 双方谈判的人都没有经验，可能会有很多漏洞，可能不细致，很多问题没谈到。

    2. 这个问题我们要包起来，中国人没有建立航空工业的水平和经验。不管是原材料还是熟练工人等一系列工程，不包起来你们到中国去没有文章可做。

    3. 要不断地搞补充计划，你们这个计划是包不了的，建厂过程中，将发现很多难以想象的问题。

谈判结束了。苏联政府为了庆贺中苏第一个大型工业援建"协议书"诞生，特意委托外交部，为中国代表团举行了一个丰盛的欢送宴会。

宽大的餐桌上，摆满了丰盛的中国菜肴。维辛斯基兴高采烈地举起酒杯，首先提出了倡议说："为祝贺这次

中央决策

中苏谈判圆满成功，干杯！"

顿时，大厅中响起一片"乌拉"声。

维辛斯基对何长工说："何同志，下次再见面时，希望你能带两个空军团来莫斯科，要在红场上降落，让斯大林同志来检阅你们！"

何长工笑着说："那是做得到的。或许还要再加上个把团哩，也许来 3 个团呢。"

2 月 16 日，中国代表团起程回京。至此，中国的航空工业果敢地向前迈出了惊心动魄的第一步。

着手组建航空工业局

　　1951年1月2日，即中国代表团赴苏联谈判的第二天，周恩来又给远在沈阳的东北局书记高岗，发去了一封电报。

　　电文内容是：

> 　　现在决定成立航空工业局，该局现只有段子俊一人为局长。拟以大连建新公司的全部机构来组建航空工业局。

> 　　如同意，请通知陈一民来京接洽。中央明知东北干部困难，但航空工业局如向各地调人，七拼八凑，确难完成任务，故只有调建新公司全部机构，较为适宜。

　　高岗深知，这是中央的一个重大决策，尽管电文的措辞十分婉转，但他掂出了这封电报的分量。

　　很快，陈一民进京向周恩来报到了。

　　随后，大连建新公司全体机关工作人员，在陈平、方致远率领下，从大连开赴沈阳，开始了航空局的筹建工作。

　　2月26日，除段子俊一人留在莫斯科处理一些谈判

中央决策

善后事宜外，中国代表团全部回国。

在随后的一次中央会议上，陈云拉着何长工的手向他祝贺道："长工，你这次到苏联谈判，两件事抓对了。一是坚持在北京搞设计，二是来了一个列车工厂，资料都弄来了，这就是很大的胜利！"

何长工听后笑了，但他仍不满足。俗话说"巧媳妇难为无米之炊"，他正缺人呢！

于是，他又找到周恩来说："你要我搞航空工业，没人不行啊！"

当时，陆定一也在场，他想请何长工兼任清华大学副校长一职。何长工来了个一推干净，说："我不兼，我只要人！"

周恩来笑着说："我看定一的清华大学就有不少有用的人。"

结果，清华大学航空系主任沈元等几十个教员、教授都被何长工"挖"走了。

4 月初，中央又从空军等部门调来徐昌裕、陈少中、李兆翔、吴大观等人，这些"八路军"时期的"老航空"与先期到达的建新公司合兵一处，开始在沈阳筹建航空工业局。

17 日，中央军委和政务院又联合颁发了《关于航空工业建设的决定》文件。该文件不仅重申了我国航空工业的建设方针，而且又明确提出将空军所管辖的飞机修理厂，全部移交给航空工业局。

28日，从苏联开出一列由26节车厢组成的飞机修理列车，载着227名苏联空军机务技术人员和数十台航空设备，抵达我国的满洲里。

5月1日前后，飞机修理列车和人员，分两批全都驶至沈阳的北陵飞机修理厂。

飞机修理列车是苏联空军在第二次世界大战中，迫于战争的形势所发明的一种"流动工厂"。

"流动工厂"的及时抵达，无疑给志愿军空军赴朝参战，带来了可靠的军事装备抢修保障。大批的苏联专家、设备、器材和航空技术资料及图纸陆续抵达中国。从此，揭开了苏联专家帮助中国建设航空工业的序幕。

一年后，这列飞机修理列车在华合同期满。周恩来打电报给苏联政府，商请将该列车连同车上的设备折价卖给中国，斯大林同意了这个要求。

1951年5月15日，我国航空工业局在沈阳正式成立。不久，航空工业局与苏联驻华专家共同起草了一个由飞机修理逐渐转向飞机制造的计划，以及航空工业建设方针、飞机制造厂的生产规模、选建厂原则的方案。

航空工业局将这宏大的方案上报党中央和中央军委。聂荣臻、李富春收到这个报告后，立即向毛泽东和中央书记处呈报上去。

8月20日，周恩来认真审查了这个报告后，立即批示道：

中央决策

拟予同意，并请富春同志会同何长工与苏联专家据此计划，将今年所审的航空工业建设经费，以最低限度计算后，提送财委审核。

军委副主席朱德阅完该报告后，在报告上批示：

即照计划进行。

刘少奇、陈云又先后在该报告上进行了圈阅。第二天，毛泽东在这份报告上作了最后批示：

照办。

就这样，我国的航空工业正式起步了。

高层会议制订行动计划

1951 年 12 月 10 日，在中南海西花厅，周恩来主持召开了一个高层会议。

这是关于建立 5 个飞机制造厂，及这 5 个飞机制造厂要在 3 年至 5 年内，仿制成功苏联"雅克－18"活塞式教练机和"米格－15"喷气式战斗机方案落实情况汇报会。

参加会议的有聂荣臻、李富春、刘亚楼、何长工、段子俊、粟裕等，这些人仍是一年前在这里商讨如何建立中国航空工业的一批骨干，但现在多了李富春、粟裕两人。

会议开始后，国家计委副主任李富春首先作了书面汇报。当他汇报完中国航空工业 3 年至 5 年的计划安排后，又补充说：

"航空工业转向制造后，修理与制造要分开。因此，拟建立 8 个修理工厂，连同修理任务都应移交给空军。

"至于'军民结合'、战时与平时的生产问题，我们还没经验，要通过苏联专家帮助，了解他们的做法，然后再研究确定。

"关于人才培养问题，我觉得要下决心自己办学。凡有条件的工厂都要举办训练班，培养急需的人才，还要办一所专门的航空大学。"

中央决策

他的话音刚落，大家便禁不住兴奋地议论起来。

和往常一样，周恩来一直没参加讨论，他只是倾听着每个人的发言，并不时地在小本子上认真地记录着，还不时侧过身子，同聂荣臻小声商谈几句。

最后，周恩来对大家说："就按照你们提的计划办。这个计划完成之后，就可以生产××××架飞机了，这个数量就行。"

他又对刘亚楼说："歼击机、教练机、运输机等各种飞机所占的比例，要请空军审议一下，看是否符合军委有关规定的比例关系。

"关于明年的订货问题和 3 年至 5 年内由修理过渡到制造的计划，先发个电报给苏联，请他们给予考虑。至于实现这个过渡之后，修理任务归谁，今天暂不确定。"

随后，他又对何长工说："同意再向苏联聘请 25 名专家，完成这个计划需要的人员、资金等，由富春同志办理。

"看来，需要的资金折合成小米 25 亿公斤就可以够了，我们准备拿出 30 亿公斤来办这个事。"

二、 修理仿造

● 刘亚楼说："你也知道，彭老总带着十三兵团过去了……麦克阿瑟肯定要报复的，我们要做好打恶仗、打持久战的准备。"

● 1951 年 4 月，中央人民政府决定："5 年内拨相当于 50 亿至 60 亿斤小米的资金，试制两种飞机航空发动机。"

● 国家试飞委员会鉴定的结论是："该厂制造的'雅克—18'飞机性能符合技术条件规定的要求，可以成批生产。"

北陵厂接受制造副油箱任务

1950年12月，空军司令员刘亚楼赶到辽宁沈阳的辽宁宾馆，他喘息未定，就打电话给沈阳北陵飞机修理厂厂长，说有紧急事情商量。

北陵飞机修理厂厂长熊焰放下电话，便坐着吉普车急速赶到辽宁宾馆。

两人一见面，熊焰就问刘亚楼说："司令员！这么急地把我找来，一定有什么重要任务！"

刘亚楼说："你也知道，彭老总带着十三兵团过去了。两个战役打得挺顺手。麦克阿瑟肯定要报复的，我们要做好打恶仗、打持久战的准备。"

刘亚楼接着对熊焰说："陆地上打交手仗，我们不怕他们。主要是我们的空中一点优势也没有，后援部队和给养运输总遭空袭，损失很严重。

"上个月，周总理亲自去莫斯科找斯大林要飞机。斯大林一狠心才给了100架，你们厂都接收到了吧？"

熊焰说："都陆续接到了，已经装出了几架，正试车呢。"

刘亚楼接着说："飞机还要抓紧时间组装，我和彭老总都希望这些飞机尽快入朝参战。另外，有一个紧急任务还没有着落，你得想想办法给我解决。

"苏联给的这100架飞机，都没有参战用的副油箱。没有副油箱的战斗机怎能作战呢？我们找老大哥要，他们愣是不给，说是火车皮紧张，也不知道这老大哥心里在想什么鬼主意。

　　"我想过了，求人不如求己，他不给，咱们就自己弄，我想把这个任务交给你。我就是为这事来的，你看能完成这个任务吗？"

　　大家都知道，战斗机作战的空域很广，有时距离机场好几百公里，再加上搜索、跟踪、空战、返航等，停留在空中的时间越长，所消耗的油量也就越大。

　　这样，仅靠飞机机体内油箱中的油是不够用的。所以必须要在飞机翅膀下挂两个活动油箱，人们称这种活动油箱为"副油箱"。

　　战斗机在飞赴空战领域过程中，首先燃用副油箱中的油，一旦发现敌情则立即将副油箱扔掉，以减轻飞机的重量和阻力。所以在频繁的空战中，副油箱的损耗是相当惊人的。

　　而作为飞机修理厂的厂长，熊焰自然比谁都更清楚，没有大量的备用副油箱，对空军意味着什么。

　　于是，熊焰毫不犹豫地说："行！"

　　刘亚楼说："我再强调一遍，造这批副油箱困难不小哩。苏联没给我们副油箱的图，也没给我们造副油箱用的铝板。所以，我只能给你搞一对苏联飞机上正在使用的副油箱。你要想尽一切办法，给我照葫芦画瓢把油箱

修理仿造

搞出来！我不要那些条条框框，不管它是拿什么东西做出来的，只要它能装油就行！你知道不？彭老总太需要咱们空军给他助威了！"

熊焰立即说："请司令员放心，我们修理厂保证完成任务。"

刘亚楼说："军中无戏言！到明年 3 月底，你务必给我造出 3000 个副油箱出来。否则，飞机不能入朝参战，造成地面部队伤亡惨重，彭老总是要骂娘的！中央军委怪罪下来，我拿你是问！"

熊焰说："请司令员再拨给我一个机翼。要不然的话，副油箱的挂钩、输油导管没法制造啊。"

刘亚楼当即同意了。

紧接着，吉普车又把熊焰拉回了北陵飞机修理厂。

北陵厂土法制造副油箱

熊焰从刘亚楼那里回来一下车，立即将厂党支部书记张世修，生产技术股长宋协隆、副股长姚一球，特设股股长岳荣等人找来，向他们传达了刘亚楼关于生产副油箱的命令。

大家一听我们的空军马上要赴朝参战了，高兴得直拍巴掌。但一落实制造副油箱的具体措施，大家都傻了眼。

因为东北航校进城后，仍然是以修理飞机为主，生活和生产的条件虽然比山沟里有很大提高，但仍然是拆东墙补西墙，东拼西凑，在国民党扔下的破烂飞机上缺啥补啥。

特别是那段时间干的活，都是从苏联运来的飞机散装件，只要摊开图纸，把飞机左右两个翅膀往机身上一插，油管、导线接好，再用螺栓、铆钉一固定，一架完整的飞机就"诞生"了。

要制造飞机的零部件，大家就犯了愁。副油箱的内部结构是个什么样，制造它都需要什么样的工具，它的材料加工有什么技术上的需求，这些书本上深奥的道理，对于他们这群刚刚进城的人来讲，都是个神奇的领域。

但前线的战友们在流血，时间不等人啊！争论来，

修理仿造

争论去，最后，熊焰拍板让技术股副股长姚一球领几个人，把那对苏联制造的副油箱全部大卸八块，进行实物检测，然后再照葫芦画瓢进行仿造。

不久，测绘图画出来了，但制造副油箱外壳用的一种白色铝板没有货源。没有它，谁敢保证造出来的副油箱不漏油、不散架呢？

就在大家为这事儿犯愁的时候，一个老工人提出了一个让人捧腹大笑但又极具诱惑力的建议。

老工人说："小贩们挑着满街吆喝的酒篓子，那玩意结实、实用。要不，咱们也照着搞一对副油箱来试试？"

话刚一说完，大家哄一下就笑了。但笑归笑，问题还得解决。

熊焰想了想，除此之外，也没别的招了，所以，他答应试一试。

说干就干，大家找来一把大铁剪刀，将一张薄铁皮剪成一指宽的板条，然后将板条做成与副油箱大小相似的骨架。

他们又找来一叠粗糙发黄"马粪纸"，又端来一盆散发腥味的猪血，将"马粪纸"一张张浸泡在猪血中，浸透后捞出铺在骨架上，等晾干后，替代"铝板"，这就算成型了。

就这样，东北民间糊酒篓子的原始手工艺，被搬到了飞机修理厂的车间里。

不久，一对酒篓式副油箱诞生了。

大家欣喜若狂，纷纷跑来观看它的最后一道工序，即装油负重试验。

随后，成桶的汽油"哗哗"地灌进了酒篓式的副油箱中。随着贮油量加大，酒篓式副油箱那粗糙的外形逐渐松动、变形、断裂，汽油溢得满地都是。

土造副油箱彻底失败了。

"马粪纸"涂猪血做成的外壳强度不够，那么用铁皮外壳呢？

于是，工人们又将白铁皮铺在了骨架上，在整体接合部位用铆接方法进行固定。没几天，白铁皮副油箱又诞生了。

但一灌油，大家发现在铆接的对缝处渗油，也就是说，副油箱的气密性不合格。

工人们又跟着采用了先铆接后锡焊的方法，将油箱外壳的对缝处和铆钉的四周全部用焊锡封死。然后，再做气密、清洗、供油、耐压、震动等试验。结果，全部合格！

工厂为了保险起见，又派人将这对白铁皮副油箱专程送到丹东前线机场，经苏联飞行员做飞行试验。试验表明，它的各种性能完全符合飞行要求。

工厂立即在全市范围内招收了大批修"洋铁壶"的手工匠，又专门腾出一座大厂供他们加工。

沈阳市市委为了保证副油箱的安全生产，特将市公安处处长谢海全派到工厂，让他具体负责副油箱生产的

修理仿造

保密工作。

就这样，三个月过去了，3027 个用白铁皮制成的副油箱，被送到了空军部队，我国的空军终于可以赴朝参战了。

1951 年 3 月，在北京的一次宴会上，空军司令员刘亚楼为熊焰满满地斟了一杯茅台酒，然后高高举起酒杯。

刘亚楼兴奋地说："你打了个漂亮仗！来，为咱们的副油箱干杯！"

艰苦建设三三一军工厂

1951 年 4 月，中央人民政府革命军事委员会和政务院联合颁发了《关于航空工业的决定》，成立了军委领导下的以聂荣臻、李富春分别为正、副主任的航空工业管理委员会。同时决定：

> 5 年内拨相当于 50 亿至 60 亿斤小米的资金，试制两种飞机航空发动机。

随后，中央人民政府第二机械工业部正式批准设计任务书，规定完成试制航空发动机任务的期限为 1955 年第三季度以内。后来，部领导反复研究，两次将计划要求提前为 1955 年国庆节和当年 9 月 1 日前。并将这一任务交给三三一工厂来完成。

三三一工厂的建设经历了一个相当艰苦的阶段。

早在 1950 年志愿军赴朝参战的第二个月，从胶东、渤海、苏北等地，汇集到徐州第三兵工厂的 2000 名兵工战士，登上列车，星夜兼程，驶往陌生的南方。

列车在一个叫五里墩的小站停下来以后，这个地方顿时热闹起来。大伙争着寻找厂房，但他们一个个都失望了。但见这里荒草丛生，田舍零落，几幢国民党士兵

修理仿造

留下的土木结构的工房，墙壁斑驳，摇摇欲坠。

随后，大伙儿扔下行李就忙开了。他们伐竹、破篾、和泥，立几根竹竿，扎上几片竹席，再抹上厚厚的黄泥，这就成了宿舍。刚刚驻扎下来没几天，一些人水土不服，一闹开肚子就刹不住车。当时正是夏天，蚊子奇多，几乎人人都被叮得全身起疙瘩，抓得皮肉溃烂。

有个工人敲着饭碗念着顺口溜说：

水泥地，当铺板，三个蚊子炒一盘。

管你天气有多热，大伙照样把厂干。

尽管生活十分艰苦，大伙却一心扑在生产上，修筑厂房，擦洗机器，安装动力、照明设备。寂静的山谷里，慢慢有了生机。

这就是三三一军工厂的雏形，不久工房里挂起了标语：

工房就是战场，机床就是枪炮。

多生产一发炮弹，多消灭一个敌人。

此后，职工们日夜奋战，在十分简陋的条件下，生产出迫击炮弹，运往抗美援朝战场。三三一军用工厂在接到第二机械工业部的命令后，他们在一边生产迫击炮弹供应朝鲜战场的同时，一边试制航空发动机。

这个发动机的名字叫 M11 航空发动机。

艰难试制航空发动机

M11 航空发动机是一种五缸四冲程塞式发动机，用于军用教练机，共有零部件 567 种 2684 件。

这对于以修理航空发动机为任务而组建的三三一厂来说，试制任务的难度之大，可想而知。

当时，三三一厂首先遇到的困难是，几千张工卡要重新编制，3121 种工具、夹具、刀具、量具需要设计制造。生产工艺装备的厂房要从土建开始。这一切，仿佛一座高山横在三三一厂创业者的面前。

随后，根据生产需要和工厂实际，厂里设立了设计、工艺、冶金、检验四大工段，抽调技术骨干强化技术部门，相继建立了各项管理制度。

经过与苏联专家反复研究，厂决策部门提出新的攻关战略：

平行作业，分步实施，关键环节，集中围歼。

就这样，一场啃硬骨头的战斗打响了。

抗日战争时期就是一名兵工战士的车间主任范学明，带领职工日夜奋战，把一个仓库改建成装配车间。

修理仿造

在打磨水磨石地面时，他们跪在地上，用手抓着砂轮来回蹭，手蹭破了，包扎后忍着痛再干。

四十一车间共产党员吴荣保是 1952 年从上海支援航空工业建设的老工人，他来到工厂时，正遇上苏联制造的精密坐标锉床安装好，他主动请求担任操作工。

在苏联专家指导下，他第二天就开动车床，拿出了加工零件。

工具车间在制造汽缸头钢模时，既无光学曲线磨床，又无线切割机床。于是，工人们就用锉刀锉，用油石磨，制成数十块模型。

青年工人王金海在钢模加工中，动脑筋想办法，通过技术革新，解决了一个零件的圆弧加工的难题，车间黑板报上很快就登出了表扬稿。

表扬稿写道：

钢模圆弧 180，金海革新破难关。

牛头刨床加转盘，创出圆弧顶呱呱。

就这样，工人、干部、技术人员不分彼此，大力合作，在苏联专家指导下，先后突破了汽缸散热片多刀切削、气门导套锁孔、汽缸和缸头热处理等关键工序，试制成功了发动机上第一个大组件，即汽缸组合。

初战告捷，极大鼓舞了全厂职工。大家忘记了生活艰苦，一门心思扑在生产上，许多人通宵泡在工房里。

从 3 月 24 日完成土建工程到 4 月 10 日安装结束，短短 17 天，共安装场外高压线 100 米，场内高压线 250 米，变电站设备 20 台。

架空汇流条母线盒 310 米，安装新机床 53 台，旧机床 97 台，新建立的工具车间建成并投产。

1951 年冬，斯大林派来支援我国重点建设的苏联专家部分到厂。

分到电镀、热处理车间的专家阿尔文季·柴列木赫身躯高大魁梧，待人谦逊和蔼。那时候，还来不及配翻译，工人们就一边翻俄汉词典，连比带画地向苏联专家学开了。

当时，车间接到航空 50 空气压缩机活塞的热处理任务，工房里连一台最普通的箱式电炉都没有。

一名工人提出在用坩埚熔化的铅液中热处理。车间技术部副主任朱雪壮查得资料，铅的熔点为 237 摄氏度，铝的熔点为 658 摄氏度，理论上铝活塞不会熔化，因而批准了这个方案。

开工那天，柴列木赫不顾脚上有伤，拄着拐杖来现场指导操作。

当工人们把活塞投入铅液时，活塞倒是未被熔化，却漂浮在铅液上。

原来，他们忽略了两种金属的比重差，铝液比铅液轻，所以活塞沉不下去。

就在大家手足无措的时候，柴列木赫眼疾手快，扔掉拐杖，操起一根前端焊有方板的铁棍，把活塞压进铅液中。

大家在数小时中轮番持棍，忍受着高温的灼烤，直到完成规定的热处理时间。

就这样，他们用土办法完成了航空发动机第一个零件的热处理任务。

山沟里的夏天，酷日当空。在简陋的厂房里工作，职工们个个汗流浃背。

尤其是铸造、热处理等车间，更是像在蒸笼里一般。在铸造车间，工人们忍受着气温和铁水高温的双重灼烤，一动一身大汗。

厂著名劳动模范、参加过解放战争的老兵工，带着一身身汗碱，率领铁合金小组，先后7次革新工具和操作方法，提高了铸件质量和工效。

电镀、热处理车间，设在一座原国民党兵工厂的小澡堂。工人之中没有一个专业技术人员，他们手上只有从上海旧书摊上买到的一本中华书局出版的《电镀法》。于是，他们先在改建的电镀工房内试验电镀。

镀槽尚未加工好，他们就用一只痰盂放在一口大缸中，在痰盂外灌开水加温，不断改进药液配方和操作法。

经过无数次反复，他们硬是在这土得不能再土的设备上，成功地为第一个发动机镀件镀上了铜。

镀铜成功后，电镀人员又接到了滚珠轴承外环镀铬的新任务。

在具体操作时，他们发现，原先掌握的镀铜方法不灵了，他们反复试验 10 多次，每次松开盖板，总能看见镀件表面存在着被铬酸水腐蚀了的斑痕。

于是，车间开了个"诸葛亮会"。大伙你一言我一语争着发言。

工人董耀湘说："我看炸油条时，油在锅里上下翻滚，油条面上的油层不断更新，这个现象是不是可以参考？"

一句话触动了技术副主任朱雪壮，他想，何不反"堵"为"通"呢？

当下，大家就忙开了。他们把镀件两边的夹板钻出大孔，使其空气流通。

这一招果然奏效，镀件受镀面镀上了铬，而非镀面丝毫未被腐蚀。

炎热也还罢了，偏偏大风大雨也来凑热闹。

当时，另有部分工人正在进行汽缸头钢模零件氧化。由于工房中没有大型氧化槽，他们便在马路边的明水沟里架置焦炭炉，上面搁一个大水槽，就开始工作。

岂料天公有意为难，第二天暴雨倾盆。大伙手忙脚乱支好帐篷，身上早已被雨水淋得透湿。

焦炭炉旺旺地烧了三天三夜，槽内水汽沸腾。入夜，灯火映着炉火，工人们的脸上"一片通红"，看上去，他们就是一群钢雕铁铸的人。

他们就是凭着这些土法子，攻克了一道道难关。

修理仿造

1954 年 7 月 26 日，首台航空发动机的最后一批零部件加工完毕，装配工人奋战 3 个昼夜，完成了总装任务。

8 月 12 日，是航空发动机试车的日子。

这天一大早，指挥人员一声令下："开车！"

试车工稳稳地推动操纵杆，发动机启动了。随后，转速越来越快，吼声越来越大。几十秒后，发动机达到了规定转速。

试车员举手伸出大拇指上下晃动，表示一切正常，大家当即欢呼起来。

8 月 16 日 5 时 39 分，我国首台航空发动机，经过 200 小时长期运行试车考验结束。

8 月 25 日，厂长牛荫冠向国家鉴定委汇报了试制情况。

随后，国家鉴定委审查了有关资料，现场察看了发动机运转情况，并对发动机进行分解检查后，鉴定委员会签发了鉴定意见。

工人们得知自己亲手制造的航空发动机通过了国家鉴定，大家聚在一起唱啊、跳啊，互相道贺。

随后，他们写信给毛泽东、党中央报喜。10 月底，毛泽东给他们回了信。

在新落成的工人俱乐部里，3000 名职工代表隆重会聚在一起，庆祝 M11 发动机的诞生。

国家鉴定委员会主任杨春甫、中共湖南省委书记周小舟、二机部四局的苏联顾问高尔基也夫、空军工程部部长黄炜华等人都参加了庆祝会。

杨春甫致庆贺词说：

    完成 M11 航空发动机的试制任务，对国家

工业化和国防现代化作出了具有历史意义的

贡献。

就在航空发动机试制成功的同时，与之配套的飞机也在我国三二〇厂，即南昌飞机制造厂诞生。

不久，一批装上了我国自己生产的航空发动机的教练机，终于成功试飞。

修理仿造

我国成功仿造苏制飞机

1954 年 7 月 11 日，南昌飞机厂仿造苏联的第一架"雅克—18"飞机首次升空试飞成功。

7 月 21 日，通过国家试飞委员会鉴定。鉴定的结论：

> 该厂制造的"雅克—18"飞机性能符合技术条件规定的要求，可以成批生产。

"雅克—18"飞机是苏联雅克夫列夫实验设计局 1946 年研制成功的串列式双座教练机。飞机为活塞式螺旋桨飞机，构造简单，质量轻，可在土跑道上起降。

飞机采用构架式蒙皮机体，机身构架用钢管焊接而成，座舱纵向串列，座舱盖上面是透明有机玻璃，活动舱盖可向后滑动打开。

这种飞机稳定性好，易于操纵，起飞滑跑距离仅需205 米。起落架为后三点，可收放，尾轮可锁定。

所以，除被空军广泛用于训练驾驶员外，还可用于农林牧业以及邮政、航空体育运动等方面。

我国从苏联购买这种飞机时曾称之为 1 号机，南昌飞机厂制造的飞机曾命名为"红专 502"，后来正式命名为"初教—5"飞机。

南昌飞机厂的前身是国民党第二飞机厂，1947年底职工不过500余人。解放前夕，国民党对这个工厂进行了疯狂破坏，设备被盗卖一空，厂房大部分倒塌，人员也大部分离散。

1951年，新中国决定在这里重新建厂的时候，只剩下几十名工人了。根据中央制定的航空工业发展方针，这个厂克服了许多困难，边建设，边生产，由修理飞机开始，逐步锻炼技术，创造条件，而后转入制造。

1951年冬，南昌飞机厂开始修理"雅克－18"飞机，锻炼了部件装配和总装配的技术。

1952年，南昌飞机厂扩大修理范围，即开始配制小零件，先制造容易磨损的机械加工零部件，如活门、开关等，进而再制造小钣金件，以熟悉和掌握零组件加工技术。

1953年，由于飞机大部件逐步磨损，便着手试制大部件，以满足修理需要。同时，掌握飞机部件的制造和协调互换。

当时，工厂按照修理资料和实样，制造成外翼、副翼、尾翼、起落架等主要部件44项，集中装到一架飞机上进行协调。并进行50个起落、78小时的飞行考验，结果良好。

同年年底，南昌飞机厂即采用模线样板标准样件工作法制造飞机部件，保证飞机外形的正确，以及部件的相互协调和互换。

修理仿造

南昌飞机厂已修理飞机 235 架，全机除操纵系统外的所有零部件都已生产出来。与此同时，在飞机修理的过程中，工厂的生产管理和技术管理也有了很大进步，建立了必要的生产管理科室、技术科室和测试机构。

1954 年，南昌飞机厂开始自行制造整架"雅克—18"飞机。按照第一个五年计划规定，第一架"雅克—18"飞机应该在 1955 年 9 月底制造成功。

同年 2 月底，苏联"雅克—18"飞机全套图纸资料到厂。4 月 1 日，航空工业局根据空军建设的需要和工厂的实际情况，要求提前于当年 7 月底以前制成。

时间短，任务急，工厂职工夜以继日地投入到紧张的试制工作中。随后，在短短的三四个月时间里，进行了大量的试验，如静力试验、测定质量与重心等。

"雅克—18"飞机仿造成功后，1954 年 8 月 26 日，国防部长彭德怀批准"雅克—18"飞机成批生产。不久，与其匹配的 M11 发动机也由株洲航空发动机厂试制成功。

这是我国国防建设和航空工业建设上的一件大事，标志着航空工业由修理走向制造。

三、 自主研制

- 赵尔陆对油江说：“你可以先回国，给我向总理捎个话，就说我赵尔陆向党组建议，把西山冷泉四所划给你们四局。”

- 飞机仿佛从沉睡中猛地苏醒过来，抖一抖身躯，带着呼啸，在浅白色的混凝土滑道上向起飞跑道滑过去。尾喷流卷起一片热浪。

- 每天早上来到车间，大家的第一项工作就是生起炉子除冰。凛冽呼啸的北风夹杂着雪花，见缝插针地透过窗缝吹进屋来。

代表团赴苏谈判未果

1956 年 7 月，为了有效地落实第二个五年计划，我国政府派出了以李富春为团长的赴苏谈判代表团。

代表团成员有一机部部长黄敬、二机部部长赵尔陆、冶金部部长王鹤寿等各工农业部门的主要负责人。

此次赴苏谈判的主要任务是，请苏联政府在我国将要施行的第二个五年计划中，再帮助援建一批建设项目。

这次谈判的规格虽不高，但其规模之大，是我国建国后十分罕见的。代表团成员囊括了我国各行各业，仅谈判人员就多达 100 余人。

为了便于这次谈判顺利发展，代表团决定，谈判之前，各行各业的谈判代表，将各自在第二个五年计划中，需要苏联援助的建设项目计划，分别送交苏联政府的对口部门。然后，中苏双方再按所提出的援助计划进行具体谈判。

二机部部长赵尔陆是这次中国国防工业谈判的总代表，二机部四局即航空工业局副局长油江，则是与苏联航空工业部谈判的具体代表。

中苏两国航空工业谈判地点，位于莫斯科餐厅旁的一幢欧式古典建筑里。

双方代表面带微笑地入席落座。中方首席代表是油江。苏方首席代表是苏联航空工业部对外联络司司长德沃连钦科。

谈判过程中，中国代表明显地感觉到，苏方在"飞机设计的大研究所"和"飞机制造的大型锻件厂"两个项目上怀有戒心，他们不希望看到我国有这两个东西。

事实上，就在斯大林逝世，赫鲁晓夫成为苏维埃政权的最高领导人后不久，我国领导人很快意识到，与斯大林时期相比，赫鲁晓夫时代的中苏关系，出现了微妙的变化。

谈判的气氛越来越充满火药味，谈判流于情绪化。无论主客双方的角色，一时都模糊不清。

第一轮谈判结束后，中国航空代表团回到驻地，向领队队长赵尔陆汇报了情况，赵尔陆决定将谈判姿态作出一些调整。

第二天，德沃连钦科没在谈判桌前露面，而且在后几轮的谈判中，都不见他的踪影。他的位子上，换成了一位联络司副司长。

谈判过程中，这位副司长脸上一直保持笑容，但就有关苏方帮助中国建设两个研究所和一个大型锻造厂的计划，他的态度缄默。

几天后，双方谈判代表的规格升高了。中国的首席谈判代表是二机部部长赵尔陆，苏方的首席谈判代表是航空工业部部长捷明杰夫。

谈判刚开始，赵尔陆首先代表中国政府向捷明杰夫

自主研制

赠送礼品，捷明杰夫则是微笑矜持地将礼品捧在手中配合拍照。

随后，赵尔陆谨慎地向捷明杰夫提出：希望苏联政府能够帮助中国的航空工业再建设两个研究所和一个大型锻造厂，捷明杰夫沉吟了片刻，岔开了话题。

赵尔陆知道，这个问题已经无法再谈下去了。

赵尔陆沉吟了片刻，话锋一转说："贵国对我方所援建的第二批飞机制造厂，是按生产"米格－19"飞机的生产要求所设计的，能否将它改为按生产"米格－21"飞机的生产要求更改一下设计呢？"

谈判前，赵尔陆从有关部门获悉，苏联某飞机制造厂，刚刚研制成功一种各种性能比"米格－19"飞机更先进的新型战斗机，并将它定名为"米格－21"。

如果苏联政府将这种新型战斗机的仿制权及技术资料转让给中国，那无疑会使中国的航空工业有个更好的开端。

捷明杰夫说："我们根本没有什么"米格－21"飞机！这是谁告诉你们的？"

话到这里，赵尔陆无法再把最后一层窗户纸捅破了，那样做，不但会使捷明杰夫难堪，弄不好还会给日后的中苏关系带来一些难以预料的后果。

但捷明杰夫的矢口否认使赵尔陆很恼火，关于苏联制造"米格－21"飞机的消息，西方各国的杂志、报纸都作了专题报道，并配发了飞行表演的大幅照片。

这次谈判依旧没有什么实质性的进展，双方又是不欢而散。赵尔陆闷闷不乐地回到了大使馆。

随后，苏方欲安排赵尔陆一行参观几个军事工厂，这更引起中方代表团的不快。

几天后，在中方代表团驻地，赵尔陆对油江说："你可以先回国，给我向总理捎个话，就说我赵尔陆向党组建议，把西山冷泉四所划给你们四局。

"航空材料研究所虽然成立了，今年已经被列入苏方协议援助项目了。但一直没有个地址，你们在冷泉先把材料研究搞起来。"

油江霎时间明白赵尔陆的意思了。他说："丢开拐杖，搞我们自己的航空工业吧！"

自
主
研
制

设计制造初级教练机

1956 年 6 月，我国第二个五年计划正如火如荼地进行，全国又掀起了"向科学进军"的热潮。

在全国科学规划会议之后，我国航空工业决心要走出按照苏联图纸单纯仿制的局面，培养我国自己的飞机设计能力。

但是，由于我国与苏联签订的《航空工业合作协定》中没有由苏联支援我国飞机设计的相关协定，下面的道路，就只有靠中国人自己来走了。

为此，航空工业局决定成立"第一飞机设计室"，初期建在沈阳，依托当时最大的飞机工厂，即沈阳飞机工厂代管，作为航空局直属的一个单位，计划中打算以后再迁回北京。

上级从四面八方精选了一些技术骨干，首批从航空局就调去了 4 个人，他们分别是：当时的飞机技术科长徐舜寿，老工程师黄志千，以及建国后从大学航空系毕业的顾诵芬和程不时。

"第一飞机设计室"由徐舜寿担任设计室主任，黄志千担任副主任，程不时担任总体设计组组长，另外顾诵芬担任空气动力组组长。

徐舜寿是著名作家徐迟的弟弟，当年他 39 岁，是早期清华大学航空系的毕业生。旧中国时期，他曾在中国空军担任航空技术的教员，后赴美国留学。

回国后，徐舜寿参加了旧中国一种木质运输机"中运—3"号的设计，是与詹天佑、茅以升这些工程界先行者一脉相承的爱国学者，是一个有着广博学识和技术造诣的人才。

航空工业局成立"第一飞机设计室"的决定虽然早已作出，但直到当年秋天，才正式在沈阳成立机构。就在这差不多3个月的时间里，他们4个人在北京积极地进行技术准备。

当时，全球已经进入"喷气机"时代，而新中国的飞机蓝图还是一张白纸。

中国人自己第一次设计飞机，到底设计一架什么样的飞机？这一问题，首先成为了设计组讨论的重要问题。

徐舜寿提出，这第一种机型应该是一种喷气式歼击教练机。这不仅是因为培养新飞行员的需要，而且新中国的设计队伍本身也需要一个"教练"的过程。

另一方面，中国已经具有制造喷气歼击机的工业基础，设计一架亚音速的喷气教练机是完全可能的。这个意见经过几次讨论，得到了航空工业局领导的同意。

所谓"教练机"，顾名思义，就是训练驾驶员的飞机。教练机的最基本特点是至少有两个座位，其按座位排列方式分为串列式和并列式。

串列式是学员在前，教员在后；并列式是教员与学

自主研制

员并坐，便于教员指导学员。

在航空发展史上，教练机并不是在飞机一出现就有的。自 1903 年美国莱特兄弟驾驶载人动力飞机翱翔于蓝天以来，在相当长的时间内，并没有普通飞机和教练机之分。

第一次世界大战中，德国于 1914 年末使用飞机投弹，法、俄、英、美都相继将飞机投入军用，随即相继专门设计了用于侦察、护航和轰炸等方面的飞机。

虽然军用飞机用途日益广泛，但是飞行员都还是在普通飞机上训练的。

直到 20 世纪 20 年代末，由于飞机结构日趋复杂，技术性能越来越高，飞机训练难度随之剧增，飞行员直接上飞机进行作战训练十分困难。因而，教练机就应运而生了。

喷气式飞机问世后，喷气教练机也设计制造出来了。但是在这个时期，设计投产的还是适用范围比较大的基本型教练机。

20 世纪 50 年代以来，教练机与歼击机、轰炸机结合得更加紧密了，差不多一种新型号的歼击机和轰炸机设计制造成功后，立即就改型制造出相应的教练机，以便飞行员掌握复杂的飞行技术，缩短飞行训练时间。

徐舜寿他们新设计的飞机，起点不低，而且并不是对国外一种现成飞机"照葫芦画瓢"似的模仿，也不是作一些"小修小改"的小打小闹，而是根据飞机的任务需要，从世界航空技术总库中挑选合适的手段，进行新的"工程综合加工"来形成自己的设计。

这是新中国从设计第一架飞机开始就建立起来的设计路线，也是世界航空发展所遵循的主要设计路线。

1956年10月10日，细雨绵绵，北方干燥阴冷的天空，悬起了晶莹的水珠帘，清新的气息沁人心脾。黄志千、顾诵芬和程不时三人，满怀信心地从北京赶到沈阳。

工厂派了一辆卡车来接站。他们上了卡车，坐在堆放的行李上，淋着细雨，心情却分外舒畅、兴奋。

沈阳飞机工厂是当时我国最大的飞机工厂，坐落于沈阳北郊，在它不远处就是"九一八"事件中打响第一枪的北大营。

工厂位于金代王朝一座皇陵，即北陵的后面，中间隔着的是一大片茂密而古老的松树林。工厂的干部和工人都是从全国各地抽调来的骨干。

徐舜寿他们到达驻地后，随即投入紧张的准备工作中。作为整个行政和技术部门的领导，徐舜寿认为，飞机设计的第一个步骤，应该是征求使用者对新机设计的要求与意见。

于是，刚到沈阳不久，徐舜寿就带上程不时等设计组员，来到另一座城市的一所训练飞行员的航空学校进行调研。

当时，正值寒冬腊月，天空飘着鹅毛大雪，地上积了厚厚的一层雪。几个人一路跋涉而来，深一脚浅一

自主研制。

脚的。

徐舜寿他们到达航校时，飞行员们正在院内打扫积雪。只见飞行员们身着深褐色皮衣，用铁铲把扫在一堆的积雪铲进旁边的箩筐，然后抬着箩筐，把雪集中倒在附近的高地上。

当时，正好有一个人在前面抬筐上坡时，脚底一滑，踉踉跄跄险些摔倒。后面的看到，大声鼓劲说："推油门！上！"

徐舜寿他们听到飞行员们用专业术语喊劳动口号，心里也来了劲，希望他们自己的航空事业，也尽快"推油门！上"。

随后，徐舜寿他们与飞行员举行了座谈会。徐舜寿介绍了他们的设计意图。飞行员们知道中国要开始自己设计飞机时，非常兴奋。

飞行员们又得知，首先设计的是航校使用的喷气教练机，他们更是心里痒痒。

徐舜寿他们就设计中的问题向飞行员请教，一起讨论。飞行员们提出了很多的意见和想法，徐舜寿他们一一地记下来了。

返回到沈阳后，徐舜寿他们开始汇总第一手资料，渐渐地，他们脑子中，对未来的飞机有了比较清晰的轮廓。随后，他们与航空部的领导进行了汇报。

听完汇报后，部分领导对徐舜寿他们的"新飞机"充满疑虑，"感觉到一点信心也没有"。

当时，工厂刚刚仿制成功苏联设计的"米格－17"喷气歼击机。该机貌似蚯蚓，采用机头进气布置，空气从头进入，从机尾排出，飞行员就坐在这个长长的通气筒子里，样子很滑稽。

这种飞机技术已经成熟，工厂参加设计制造的人员对此都非常熟悉。秉承我国多年来根深蒂固的仿制思想，他们坚持要沿袭"米格型"的构造特点。

对此，以徐舜寿为首的"创新派"设计人员坚决反对。徐舜寿要求大家要在"工程综合加工"的思路下，"熟读唐诗三百首"，广泛收集国际上的最新资料，研制具有自主产权的中国飞机。

新型飞机的设计工作，在徐舜寿的领导下紧锣密鼓地进行着。所有设计方案的确定，设计组都采用答辩的形式，这要求设计者对自己的设计必须作出论证，不能画出来是什么便是什么。

徐舜寿还要求大家，飞机各个局部在总体上必须是合理的，不允许各行其是。

对大部件的设计总图，他要求采用集体审查的办法，设计者张贴图纸，讲解自己设计的依据、思路、意图、数据等，并进行答辩。答辩如果获得通过，所有参加者当场签字；答辩通不过，修改后重来。

这期间，徐舜寿还从各航空学院聘请了几位著名教授，做设计室的"顾问工程师"，如北航的张桂联、军工的马明德、南航的陈基建、西工大的黄玉珊等。

自主研制

顾问们来到沈阳后，徐舜寿经常邀请他们为全体设计人员作学术报告，用这样的办法来实现设计队伍的知识更新。

就这样，顾问们把设计人员带入一个全新领域，如自动控制理论、电子计算机的软件工程，都是他们在大学时代从未听说过的学科。

也有一些是工业味道更浓厚的技术内容，如金属疲劳的控制、各种新工艺方法的演进，以及国家颁发的"公差与技术测量"的新标准等。

听了教授们的讲座，徐舜寿他们茅塞顿开。

由于事先在北京做了充分的技术准备，设计组很快便绘出了飞机总体设计图。同时，他们将新的飞机命名为"歼教－1"，即"歼击教练机－1"型。

"歼教－1"采用的是两侧进气方式，没有沿用苏联传统的机头进气装置，而是考虑到机头是最适宜安装天线的位置。

徐舜寿他们想，从长远来看，雷达将在现代战机中起到至关重要的作用。虽然作为教练机可以不必安装复杂的雷达，但是掌握这种两侧进气的设计技术，对于发展高性能的军用机势在必行。

总体设计图出来后，细节的设计工作全面铺开，如机身的框距、机翼的肋距如何确定，计算的依据是什么，整体设计是否协调等。

此后，大量的细节问题最终汇集到总体设计组，要求逐个讨论进行"裁决"。徐舜寿他们每天都要开会研讨。

程不时每天穿梭在各个设计组之间，协调各种问题。一会儿与人探讨襟翼的启动力效率，一会儿又被人拉去讨论结构应力的传递，然后又是电路的传送、液压系统的介质和压力。

与此同时，工厂还启动了大量先进的技术辅助设施，包括在我国刚开始装备的电子计算机上的计算，以及在风洞中进行的空气动力试验。

为了进一步确定设计尺寸连接的合理性，如验证驾驶舱的设计是否合理，比如驾驶员坐在里面，仪表能否看得清楚，操作手柄是否够得着等，徐舜寿他们带领木工师傅，在车间开始制造全尺寸木质样机。

木工车间以前的专长是制造翻砂用的木模，但制造这样大尺寸的"木模"还是第一次，在全国也是第一次。

为此，车间领导指定由八级木工师傅陈炳生领头。陈炳生带领四五个在木工活方面同样造诣很深的工人，热火朝天地干了起来。

其实，对于木质飞机到底造出来什么样，该怎么制造，大家心里都没有底。这期间，徐舜寿他们经常搜集一些国外木质飞机的照片，拿给工人看，大家一起探讨加工。

就在将要大功告成之际，有位领导下车间实地检查，看到这具陌生的骨架，他不高兴地问道："这是什么东西！怎么弄出来的？"

徐舜寿他们如实汇报："这是我们研发的新飞机模型。"

领导听了很生气，说徐舜寿他们不该在总方案没有审定之前，就自行下工厂做飞机模型。

随后，徐舜寿他们就设计的细节问题和领导周旋了几天，弄来弄去，领导总算同意他们把飞机模型做完。

当他们再次把图纸拿到木工车间制作样机时，陈炳生师傅忍不住拉过程不时小声问："这次领导批准了吗？还有没有问题呀？"

徐舜寿他们笑笑，说："这没问题了，图纸先送呈领导看了，他们同意了。"

1957 年 8 月 5 日，徐舜寿他们连月以来魂牵梦萦的样机，威风凛凛地耸立在人们面前。他们觉得，飞机的每一根线条都那么可爱。

后来，程不时回忆说：

> 摸着可爱的样机，我突然有一种初为人父的感觉。

随后，飞机的全套技术数据送苏联咨询，并要求其代做高速风洞试验。

苏方通过试验认为，飞机的气动力计算是正确的，起降性能会比计算的更好。

就这样，"歼教－1"的设计方案经过国内和国外专家的技术审查后，全部图纸下达车间，开始正式试制工作。

航空工业局的王西萍局长特意从北京赶来沈阳，对工人们作了动员。

工人一听是要生产中国自己研发设计的飞机，大家热情高涨，日日夜夜奋战在生产第一线。

后勤部的理发店甚至把镜子和椅子都搬到了厂房外，工人们抽空顺道才去理个头。

食堂的师傅每天都会把做好的馒头、饭菜抬到车间里，大声吆喝："同志们！开饭啰！"

工人们这才意识到午饭时间到了。大家拿上馒头，蹲在厂房外，大口大口地吃起来，吃完嘴一抹，就又掉头回去工作了。

与此同时，发动机设计室以刚仿制成功的"歼教－5"飞机的发动机为原准机，按相似律缩小，设计了"喷发1A"发动机。

自主研制

初级教练机试飞成功

1958 年 7 月初，"歼教－1"飞机总装完成，开始进入试飞前的准备阶段。

担任"歼教－1"第一次试飞任务的是青年空军军官于振武。他的飞行技术高超，是当年空军的打靶英雄。

可一架新机的试飞，特别是中国人自己研发的飞机，究竟是像猫咪一样温顺，还是像野马一般暴烈？是像大象一样笨拙，还是像羚羊一样矫捷？这只能通过试飞来验证了。

于振武来到工厂后，程不时他们首先陪同他参观各个车间，向他介绍了飞机的总体设计，接着，设计室的各专业组人员也向他详细讲解了设计中考虑到的各种问题。介绍持续了几天。

随后，于振武还特别参观了飞机的风洞试验和在静力试验室进行的强度试验等。

试验是用液压筒通过许多钢索对一架完全真实的飞机结构施加载荷，最后活生生将结构拉碎，检查飞机结构是否能承受 100％的设计载荷。

试验的规模很大，惊心动魄。整个过程采用循序渐进的办法，连续试验了几周的时间。于振武几乎每次必到，他仔细观察，一言不发。

试验的最后一周，随着结构上载荷的不断增大，试验场地的气氛越来越紧张。

于振武亲眼看到，飞机承受如此大的载荷而没有出现结构破损，他很快有了信心。当试验加载仅超过80%的时候，于振武就在现场正式向组织填写了"坚决完成试飞任务"的决心书。

1958年7月底，"歼教－1"完成了试飞前的一切准备工作。试验结果证明，飞机结构强度完全合格。

7月26日，沈阳飞机厂像过盛大的节日，设计师和职工们敲锣打鼓。"歼教－1"飞机送到试飞站，由于振武首飞。

当天，天空晴朗，全体机务人员在检查完飞机之后，在飞机旁列队立正。组长跑步来到试飞员面前，立定站好，举手敬礼，报告："飞机一切正常，准备完毕。"

于振武缓缓走向登机梯，看着这架崭新的飞机，内心有些激动。他不自觉地在地上蹭了蹭鞋底的泥土，才一步一步攀梯登上了飞机。

在场的每个人都屏住了呼吸，看着于振武滑上舱门，随后，于振武向指挥台做了一个"OK"的手势。

指挥台上空升起一颗绿色的信号弹。

霎时间，飞机仿佛从沉睡中猛地苏醒过来，抖一抖身躯，带着呼啸，在浅白色的混凝土滑道上向起飞跑道滑过去，尾喷流卷起一片热浪。

当时，在场数以万计的工作人员激动地鼓着劲，喊道："加速、加速、加速，推油门，上拉！"

"歼教－1"如冲出铁笼的巨兽狂怒起来。转眼间，

自主研制

就冲到跑道尽头，"呜"的一声，一个抬头就轻盈地飞上了蓝天。

所有观战的人，紧张的心情立即舒缓下来，爆发出一片掌声。大家欢呼道："它飞起来了！飞起来了！"

这时候，飞机像一个银白色的、神秘的精灵，时而左右盘旋，时而上下翻飞，始终游弋在人们的视线里。空旷的机场上只剩下雷鸣般的轰响。

不久，指挥台上空又升起一颗绿色的信号弹。只见远处的一个精灵猛地变得温顺起来，滑过几圈后，收敛了所有的气势，在远处的跑道尽头，轻盈地一跃，就捉住了地面。

随后，"歼教－1"带着"呼呼"的喘息，一路小跑，眼看到了出发地，打个趔趄，停了下来。飞机安全着陆！

顿时，试飞场响起一片掌声。设计室主任徐舜寿与试飞员于振武热情拥抱，人们激动地把于振武抛了起来。

新中国第一架自行设计的飞机成功试飞的消息，当即报告给了周恩来。

周恩来经过通盘考虑后，要求这架飞机的设计人员做无名英雄。

此后，新华社为这架飞机首飞成功发布了一条内部消息，但没有提任何设计师的名字。

8月4日，叶剑英和刘亚楼专程到沈阳参加了庆祝会，观看了飞行表演。

此后，"歼教－1"飞机还飞到北京做了精彩表演。

突破思路进行新飞机研制

1957 年底，程不时他们设计的第一架飞机"歼教－1"的研制已经进入试制阶段，设计室主任徐舜寿召集程不时、顾诵芬、冯钟越等技术委员会成员，一同讨论下一个飞机选型。

大家集思广益，有的提出设计供国家高层工作人员出差用的喷气式公务机、小型通用类飞机或者靶机等。在这之中，初级教练机则是当时重点讨论的机型之一。

要知道，20 世纪 50 年代，我国培养飞行员使用的初级教练机是苏联的"雅克－18"，当时在我国的南昌飞机厂已经按照苏联图纸投入了生产。

"雅克－18"是一种钢架式蒙布结构、后三点起落架的飞机。当时，大部分先进飞机都已经采用了前三点起落架，飞行学员却必须从后三点起落架飞机开始学习飞行，这显然是很不合理的。

当时的训练体制是，飞行学员需要在"雅克－18"上学会基础的飞行驾驶技术，然后还要经过"雅克－11"高级教练机及"拉－9"等飞机的多级培训之后，才能够驾驶在第一线服役的喷气式战斗机。

为此，程不时等人认为，我国的飞机设计力量在已经设计了"歼教－1"喷气式教练机的基础上，独立设计

自主研制

螺旋桨式初级教练机已没有技术上的困难。

如果自行设计，还可以使"初教－6"在技术上向"歼教－1"靠拢并形成系列，把"多级培训"压缩为"初教—歼教—现役"的"三级培训"体制，这将大大提高我国空军飞行学员的学习操练进度。

于是，"初教－6"的设计工作被安排进了日程表里。当时，对于飞机设计工作，"仿制派"的个别技术领导还是固持成品"再现"的思路，认为苏联的就是好东西。

因此，这位领导直接把草图绘制的任务交给了一位刚从南昌调来的技术人员。

"雅克－18"是在南昌生产试制的，对于这样的仿制工作，该技术人员游刃有余。没多久，"雅克－18"成品再现的图纸就绘制完成了。

随后，在设计室主任徐舜寿主持的讨论会上，图纸被当场否决。大家一致认为，设计的项目不变，方案得变。

于是，徐舜寿要求总设计室继续坚持独立自主的"工程综合"设计路线，坚决摒弃"仿雅克"的设计思路，采用从"歼教－1"中总结摸索出的一套设计方法。这样，技术人员就更是得心应手，信心十足。

随后，徐舜寿将"初教－6"的调研工作，交给了程不时来完成。

27岁的程不时接过重任，风尘仆仆地赶赴各大航校进行调研。

通过这次调研，程不时对这架新设计的初级教练机的形式初步形成了几点构想：

首先，飞机的起落架采用前三点形式，这是本次设计的一大立足点。

其次，飞机的结构选择应为蒙皮的铝合金"半硬壳"形式，因为这种结构在工艺上更容易保证质量的稳定，有更长的使用寿命，并便于维护。

再者，在飞机的性能方面，根据当时发动机的功率，飞机的最大时速与最小时速的间隔将不小于 200 公里。

为了尽可能扩大这个间隔，设计师们准备在机翼上采取左右贯通的单片式襟翼，这样可以避免增升环流在根部中断而提高升力，也使着陆襟翼放下后更好地起阻力板的作用。这样一来，机翼将成为外部上翻的"海鸥式"造型。

另外，对于初级教练机，抗失速和抗尾旋性能很重要，机翼的外翼应有扭角，以保证大攻角下不会发生机翼偏坠。

同时，为了使尾旋时平尾对垂尾的遮挡最小，应把平尾位置尽量后移，将垂尾形状设计成直立的梯形。

为了进一步扩大座舱视界，程不时他们取消了"雅克－18"在风挡上的几根立柱，在驾驶舱前方采用的是整块弧形风挡，并为"初教－6"设计了大块敞亮的座舱罩。

然后，他们把仪表板排列也尽量向"歼教－1"靠

自主研制

拢，希望日后便于飞行学员过渡。

另一方面，程不时还观察到苏式飞机的仪表板上有许多安装仪表的螺钉暴露在视线中，非常不协调。

为此，他建议在"初教－6"的仪表板上安装一块盖板，遮住飞行中没有作用的仪表螺钉，使板面显得干净利索。

他还实际造出了一块试验蒙板，安装在木质样机上供飞行员们比较。

不料，熟悉了"雅克－18"的飞行员却认为，他们对突出的螺钉已经习惯了，并不反感。最后这个设计没有在"初教－6"上采用。

1958年5月，"初教－6"完成了初步方案论证、总图设计，随后制成了1比1木质样机。

经上级和空军领导机关审查，进一步明确了战术技术性能，同时决定，转交南昌洪都飞机厂进行结构设计和原型机的试制。

同年6月初，沈阳飞机厂第一设计室的屠基达、林家骅等20多人，携带全部有关资料到南昌飞机厂，共同继续设计。

临行前，正在沈阳检查工作的航空工业局副局长徐昌裕特别叮嘱说："这次去，不仅是要合作将飞机搞出来，更主要的是帮助带一支队伍出来。好比过去解放区开辟新的根据地，要帮助南昌厂也建起设计室来。"

当时南昌飞机厂的设计所刚刚筹建起来，不但设计资料、规范、试验设备非常缺乏，队伍也是新的。设计人员文化程度参差不齐，没有一个曾参加过飞机设计，平均年龄也只有 23.5 岁，可以说完全是设计队伍中的一支新兵。

于是上级决定，南昌飞机厂的高镇宁为"初教—6"教练机主管设计师，屠基达、林家骅为副主管设计师。

紧接着，从沈阳飞机厂来的 20 多人和南昌飞机厂的设计人员会合在一起，热火朝天干起来了。

为了早出飞机，大家似乎已融为一体，工厂领导、设计人员、工艺人员、工人等，白天夜晚干在一起，不讲轮班换休，也没有加班费、奖金，很快完成全套图纸 517 个标准页。

工人们的生产纪录日日翻新，只花了两周时间就初装了一架飞机，总装也只用了七昼夜。

后来，屠基达等一些人回忆当年情景，还异常激动地说：

　　那时虽然非常紧张，但在我参加研制的机种中，是心情最愉快的一次。

当时，北京航空学院了解到南昌飞机厂设计的飞机需要协助，就毫不犹豫地将有关发动机的全部资料和从飞机上拆下来的发动机，一同装箱，直接发送给南昌飞机厂。

自主研制

沈阳橡胶三厂、航空仪表厂和陕西兴平航空轮毂厂等不讲条件，不怕困难，按照飞机设计部门的要求，以最快的速度和最高的质量，设计生产出油量表、轮毂和轮胎。

就这样，在内外团结合作和互相支持下，南昌飞机厂奋战了70多个昼夜，于同年8月胜利完成了飞机的结构设计和4架原型机的试制任务。

8月27日，"初教－6"教练机由试飞员吕茂繁、何银喜驾驶飞上蓝天。

当这架全身喷涂红色，并有两条白色闪电状条带的飞机飞过头顶的时候，许多人都情不自禁地流下了激动的泪水。

但是，"初教－6"首次试飞成功后，并没有皆大欢喜地翻开历史的新篇章，相反却被"打入冷宫"，主要的原因就在于，当时的技术条件无法完成最危险的尾旋试飞任务。

要知道，尾旋试飞前，飞机必须要在尾旋风洞试验室里做试验。

在风洞内，强烈的"人造风"从地洞向上垂直鼓吹，飞机模型从高处抛下。自由落体状态的飞机，最后应"悬浮"在半空，这才表明试验成功。

这种尾旋风洞试验室，是一种投资极高、极其精密的试验室，而我国当时没有这种条件建这样的试验室。

无奈之下，程不时他们用另一种试验方法，从理论上对"初教－6"的抗尾旋性能进行了充分的论证。

他们采取的方法是,通过直升机把飞机模型带到空中,然后扔下,模型一边往下掉,一边用摄像机跟踪轨迹记录。

通过对试验结果的分析,他们认为,"初教－6"飞机的尾旋性能是可靠的。尽管在技术本质上,这两种方式是等价的,但负责工厂生产、试飞的领导不敢站出来拍板。

航空部无人表态,那就说明"初教－6"的技术不过关,不能飞。于是,飞机厂接着生产苏联的"雅克－18A",虽然技术状态差,但图纸什么都是现成的。

"初教－6"无声无息地在机库里待了整整三年。

空军副司令得知后,亲自找到试飞员谈话说:"目前,'初教－6'其他的试飞项目都已经成功完成,就唯独缺一项尾旋试飞,因为没有风洞试验,设计人员采用的自由落体模型也已经证明性能良好,在设计方面也下足了功夫,但就真实飞机的试飞而言,还是存在一定的风险,你愿不愿意承担这项任务呢?"

试飞员听了,两个脚跟一靠,"啪"的一声,敬礼说道:"我是一名军人,我服从上级的命令,愿意执行国家任务。"

就这样,飞机被擦拭一新,重新进行了保养维护。随后,试飞员驾机开始试飞。

试飞结果令人满意,"初教－6"的抗尾旋性能非常

自主研制

出色。

　　试飞员说："只需松开驾驶，就会自动改出尾旋。"

　　从此，"初教－6"彻底摆脱了三年无人问津的局面。

　　1961年，"初教－6"成为第一架投入生产的我国自行设计的飞机。

成功研制"歼教－6"飞机

1963 年，"歼教－6"已经源源不断地在生产线上完成总装，随后用来装备了部队。但这样高性能的飞机却一直没有一款相对应的教练机。

大批进入现役的飞行员，只能在性能较低的飞机上学习飞行之后，经过书面及口头的知识传授，然后才能驾驶"歼教－6"，体验超声速飞行的特点。

为此，上级提出为"歼教－6"设计一款相匹配的教练机，由程不时担任这次设计任务的主管设计师。

对于程不时他们来说，"歼教－6"的改型工作，并不是在原型机上简单地设置第二座舱那么简单。

因为"歼教－6"的推力并不富裕，仅在打开加力燃烧室后才能略微超过声速飞行，而且"歼教－6"原型机在高速度下的方向安定性已经有明显的下降。

如果改型后的"歼教－6"不能再达到超声速，或者安定性无法保持在可接受范围内，那么改型的意义将大打折扣。

此外，"歼教－6"原型机身的内部空间已经使用得非常充分。第二座舱往往设在驾驶舱的后方，而这正是飞机的主油箱位置。

设置第二座舱后，主油箱的容积将受到很大限制，

自主研制

飞机的飞行时间便会减少很多。因此需要在飞机其他部位寻找设置辅助油箱的空间，并重新调整供油系统。

程不时的脑袋里整天运转着这些问题，问题想清楚了，又开始思考如何解决。

他曾经是负责其总体、气动、强度和试飞的主管设计师，根据他对这种飞机原有状态的了解，结合从部队了解到的使用情况，他很快就拟出了一个改型设计的"一揽子计划"。

计划包括机身外形拉长、油量重新配置、尾翼双腹鳍设计、舱盖系统确定，以及操纵仪表系统重新布置等7个方面的修改计划。

飞机改型后，程不时他们对飞机外形进行了超声速风洞试验，对动力特性，进行了缩比模型空中投放自由飞行的反尾旋动力试验。

在设计阶段的风洞试验中，程不时他们注意到，原型机在进入超声速区后，方向安定性有明显的降低，而"歼教－6"在超声速区降低更多。

这使得飞机防"落叶飘"的"卡帕"值处于临界状态，但仍然在安全的边界线内。

程不时他们考虑到风洞试验存在一定的误差，飞机是否会在超声速时出现"落叶飘"式的左右摇晃，则尚不明朗。

如果出现，这并不是一种危险的动作，因为飞机在高空，只要减速就可以避免摇晃。但是，作为一种超声速教练机，这种摇晃应该在设计上彻底排除掉。

为此，程不时他们考虑了 7 种备用的技术方案，在风洞中事前做了试验，证明都可以提高飞机的"卡帕"值。

这样，程不时心里有底了，在试飞中如果实际情况证明需要，就可以在这些备用措施中选用合适的用上去，飞机的表现就可以达到预想的满意程度。

试验证明，飞机外形设计合格。随后，"歼教－6"通过了总体方案。

1966 年，"歼教－6"的研制工作艰难地进行着。同年冬天，工厂从厂门旁几排空闲的平房中腾出几间来成立"歼教－6"试制工段。

这里远离整个工厂的生产生活区，工段由设计科的刘立德负责，设计科有 8 名不同专业的设计人员加入，再加上工艺科的朱炳良。

程不时也被派去参加试制劳动，另外还有从车间请来的 8 位技术高明的老工人。

就在这几间破败不堪、连暖气都没有的厂房里，"歼教－6"的试制工作举步维艰地进行着。

每天早上来到车间，大家的第一项工作就是生起炉子除冰。凛冽呼啸的北风夹杂着雪花，见缝插针地透过窗缝吹进屋来，小平房里只有这炉火能给他们带来一丝暖意。

飞机的结构和系统的图纸不全，钣金和钳焊零件紧缺。需要画图，设计人员就伏在生产零件的操作台上一点一点地绘制。

完成设计后，就在老工人的指导下，根据图纸用塑料块先制出简易模具，然后挥起榔头敲制零件。

塑料很硬而且很光滑，放在工作台上，大家用老虎钳夹紧，一榔头一榔头地敲打成型。

刘立德为了"歼教—6"的试制工作能继续下去而上上下下、里里外外联系奔波，他的工作也真不容易。

生产线上，大家都争分夺秒地工作，程不时负责在一种高合金钢上面钻孔。不料，钻头的硬度和钢材差不多，钻起来就像两个打火石摩擦，火光四溅，所以进展缓慢。为此，他需要不停地用砂轮磨钻头。

飞机的零件齐备之后，大家开始组合件的铆接。寂寞的厂房里，只有他们的铆枪在零零碎碎地震响。设计人员跟着老工人现学现干。

1970 年 9 月，"歼教—6"总装完毕。随后进行了一系列的抗拉力试验和试飞前的测试工作。

10 月 6 日下午，阳光明媚，风和日丽，"歼教—6"由工厂试飞站的试飞员进行了首次试飞。只有程不时他们"歼教—6"研制小组的几个人在场。

负责这次试飞的是试飞员吴克明，他曾是新中国生产的第一种苏式喷气式飞机"歼教—5"的试飞员。

发动机缓缓启动，如狮子睡醒后的吼叫，威震四方，在空旷的跑道上，起飞速度越来越快，越来越快，刀光剑影般直冲云霄，在场的人无不激动得热泪盈眶。

"歼教－6"试飞成功了，试飞结果证实飞机的方向安定性应该进一步提高。于是，程不时他们采取在机身后段增加双腹鳍的办法，使飞机的飞行表现达到了满意。

后经多次试飞，效果良好，就这样，"歼教－6"飞机定型了。

自主研制

成功研制对地强击机

1957年，沈阳"第一飞机设计室"在"初教－6"的总体设计完成之后，上级批准设计室构思一架对地攻击的强击机设计。

所谓强击机，是一种超低空飞行的战术轰炸机。

一般的轰炸机、战斗机都是在中空或高空投弹作战，强击机最擅长紧贴地面，对地面的坦克、碉堡、炮兵阵地或战壕进行短距离的猛烈攻击。

飞机呼啸而过，伴随着阵阵飓风，火力所到之处，硝烟四起，锐不可当。

苏联在第二次世界大战中大量使用了这种机型，德国人在战场上受到了很大的威慑，称之为"黑色死神"、"坦克克星"。

随后，设计师们先后走访了使用喷气式"歼教－5"和苏制螺旋桨强击机"伊尔－10"的两支部队，实地参观了飞机对地击靶训练。

飞机在低空低速中转弯，轮流进入俯冲射击，攻击火力强，表现了良好的机动性。炮火连连，浅蓝色的硝烟混着黄色的尘土，惊心动魄的场景，给他们留下了深刻的印象。

在与飞行员的交流中，设计师们不难看出飞行员对

"坐骑"的偏爱。不过，他们也给程不时提出了宝贵的建议。

比如说，"歼教－5"对地攻击的火力不够猛。"伊尔－10"的左侧防护装甲略低了一点，飞行员操纵油门的左手暴露在外得不到保护等。

设计师们调研的第三站，是地处南方一座城市的空军学院。学院的战术教师向他们介绍了对地攻击战术的最新演变。

所讲内容主要取材于国外资料，在国内尚没有实践过，这将是今后的发展趋势，这对程不时他们在总体上认识这种机型无疑是很好的补充。

回来后，程不时把纷繁杂乱的信息总结分类，甚至还请来了一位文书，以口授的形式，把庞杂的内容撰写进了调研报告。

随后，设计师们开始"强－5"的初步设计。他们决定："强－5"采用喷气动力技术。

当时，我国已经生产出"歼教－6"，这是我国第一种打开发动机加力以后，就可以超过声速的歼击机，可以将发动机强大推力的一部分用在提高载重上。

因此，设计师们准备把这些优点都用在"强－5"的设计上。他们还沿用了"歼教－1"飞机两侧进气口方式，在机身内加入了炸弹舱，并根据具体的飞行任务，选定了相应的计算参数。

1959 年初，上级决定将"强－5"的整组任务由沈阳

自主研制

的"第一飞机设计室"转到南昌飞机工厂，并将"第一飞机设计室"中资格较老的工程师陆孝彭调去南昌工作。

于是，陆孝彭带着"第一飞机设计室"完成的"强－5"设计图纸，比对了程不时他们完成的1比1木质样机。来到南昌后，陆孝彭对"强－5"初步的设计进行了改进，如采用面积律的机身，加长了机头锥，采用后开式座舱盖等。

设计完善后，试制工作正式启动。也正是这个时候，我国国民经济出现严重困难。

1961年，中央调整国防工业的项目，决定缩短航空工业的战线，于是航空工业管理部门下达指示：

"强－5"工程暂停试制。"强－5"飞机是否试制，待观察半年后再定。

至此，"强－5"飞机从1961年第四季度开始处于停顿状态，面临天折的危险。陆孝彭等人焦急万分，一再上书要求继续研制。

厂长冯安国坚定地支持陆孝彭他们，同意采取"见缝插针"的办法完成试制。

于是，120多人的试制车间只留10多人，由陆孝彭兼任试制车间主任，勉强维持试制工作，伺机再起。

此后，身为主管设计师的陆孝彭，与其他人员一起锲而不舍，既当设计员，又当工艺员；既是调度员，又是铆接工。

后来，陆孝彭在当年春节期间，写了一首诗表达他的心境。陆孝彭写道：

新岁来临旧岁离，华灯明灭晚烟低。

拼将白发添双翼，定叫雄鹰展翅飞。

就这样，他们的顽强精神感动了全厂职工，有关车间纷纷伸出援助之手。

1962 年 11 月，"强—5"的试制又开始得到上级的支持，加快了研制进程。

1963 年 6 月，第一架"强—5"完成总装，随后进行了供静力试验。试验中，因加载的钢索出错，全机悬空加载试验失败。

1963 年 12 月，新成立的航空工业部部长孙志远到南昌飞机厂检查工作，听取了陆孝彭长达四小时的汇报，郑重宣布：

恢复"强—5"飞机的研制计划。

孙志远鼓励工厂：

要不怕失败，坚持试制，直到成功。

自主研制

1965 年 4 月，第二架"强－5"飞机运到樟树机场准备试飞。因该机场跑道长度不够，不能进行预起飞，于是发生了是否必须进行预起飞的争议，拖了一个月还定不下来。

在这关键时刻，航空工业部刘鼎副部长来到现场，根据讨论情况，当场拍板决定不进行预起飞。

6 月 4 日，第一架"强－5"飞机由试飞员拓凤鸣驾驶升空，飞行 16 分钟后安全着陆。至此，中国自行设计、历经坎坷的强击机终于首飞成功。

同年年底，航空产品定型委员会同意"强－5"设计初步定型，立即投入小批次试生产。

1966 年春，陆孝彭、拓凤鸣等奉命随"强－5"飞机到北京做汇报表演，接受了中央军委副主席叶剑英的检阅。

四、 引进改造

● 1961年年底，北京的一位高层领导看着因质量问题被部队拒绝接收的"米格"仿制飞机，用手杖戳得地板"咚咚"直响，大声斥责说："你们这是干什么，是怎么搞的！"

● 1962年春天，程不时被任命为三个主管设计师之一，由他主管喷气式战斗机"歼教-6"的总体、空气动力、强度和试飞几个项目。

● 空军和航空局一致认为，在吃透"米格-21"战斗机的各种性能基础上，设计制造出我们自己的新型歼击机。

选择引进新型号飞机

1957 年 9 月，聂荣臻率领中国政府代表团赴苏联谈判转让军工产品制造的问题。

10 月，中苏两国签订协议，由苏联向中国出售"米格－19"飞机的制造技术，并提供全套技术资料、样机和部分散装件、成品附件。

我国选择"米格－19"最大的好处在于，由于"米格－19"的发展已结束，中国可以得到比较成熟且成系列的产品。

早在 1953 年 5 月 25 日，美国空军 YF100 在首次试飞中成功突破声障。次年 1 月 5 日，苏联第一代超声速战斗机"米格－19"的原型机首飞成功。

从此，各国空军开始纷纷向超声速时代迈进。而当时的中国空军，主力仍然是朝鲜战争后期换装的"米格－15"飞机。

在超声速时代，这种亚声速战斗机的性能已显得落后，即使是进一步改进的"米格－17"仍不足以满足空军的需要。

特别是驻在台湾的美国第十三航空队换装 F－100后，对我夺取闽浙地区的战区制空权构成了极大威胁。

在当时，对于我国空军来说，跨入超声速门槛的唯一希望在于苏联。只有苏联可能向我国提供超声速战斗机。因此,中央一直在关注苏联超声速战斗机的进展。

在聂荣臻他们的谈判过程中,苏联当时开出的备选清单上包括了米格昼间战斗型、米格全天候截击机航炮型和米格全天候导弹截击机。

这是"米格-19"家族中三个主要型号,搭配使用基本上可以满足我国空军昼间争夺制空权和夜间拦截的需要。按照当时的协议,上述三个型号我国均有采购。

但在签署许可生产协议的时候,国防部出于多方考虑,仅选择了"米格-19P"作为仿制型号,购买了该型飞机和发动机的整套图纸,并定点在沈阳飞机制造厂、沈阳黎明发动机厂生产。

在20世纪50年代初,我国飞机工厂在试制外国飞机的时候,都有苏联专家在技术上协助。工厂的各个部门如果出现问题,往往直接找有关的苏联专家帮助解决。

如果苏联专家对具体问题也解决不了,就由他们反映到苏联国内去,最后由苏联国内的专家出一个处理意见。

在"歼教-6"试制时,中苏关系已经恶化,工厂里已经没有苏联专家了。整个技术问题的处理,没有一个经过统一规划的体制来保证。

在试制过程中,沈阳两厂全部采用自行编制的工艺资料和自己制造的工艺设备,质量严重失控。

1961年年底,沈阳飞机工厂产出的几百架米格仿制

引进改造

飞机，都因质量问题被部队拒绝接收，不能出厂，长期拥挤在机场跑道两侧。

此后不久，北京来了一位高层领导，参观了这些"问题"飞机后，在工厂办公室用手杖戳得地板"咚咚"直响，大声斥责说："你们这是干什么，是怎么搞的！"

于是，中央决定对这些问题机重新进行设计改造，以便最大限度挽回损失。

问题飞机成功完成改造

1962 年春天，在毫无先兆的情况下，程不时突然被通知到厂部办公室去一趟。

找他谈话的正是通知他下放"劳动锻炼"，又把他调到工学院的那位领导。两个人一见面，那位领导开口就说道："我早说过你回到飞机设计岗位不是幻想嘛，现在就调你到工厂设计科去担任主管设计师。"

这次分配给程不时的任务是，重新试制喷气式战斗机，即"歼教－6"战斗机。程不时被任命为三个主管设计师之一，由他主管总体、空气动力、强度和试飞几个项目。

另两位主管设计师原来就在设计科工作，一位负责结构，一位负责系统。

飞机的飞行速度超过声速，是 20 世纪中期航空技术发展中最重大的转折之一。

声速之所以重要，是因为声速正是空气中压力传播的速度。当飞机以低于声音传递的速度在自由的空气中运动的时候，空气是压不住飞机的。

这犹如我们用手掌去拍打空气，拍过去空气就让开了，所以感觉上是拍了一个空。

但是，如果用高于声音传递的速度去拍打，超过了

引进改造

087

压力传递的速度，空气还来不及让开，物体就撞上去了，就像一辆汽车闯进缓慢移动的牛群，前行的车子就会受到很大的阻碍。

这也就像用打气筒打气时去压缩空气，不但很费力，而且气筒很快就会发热，用的气力有一部分花在了发热上。

飞机飞行速度要超过声速，其实就是要对付空气被挤压的问题，这在第二次世界大战后期出现了喷气技术以后才成为可能。

程不时是在航空局技术科工作期间从国外的刊物中看到相关报道的，当时他还写了若干介绍的文章在国内发表。

此后，在程不时等一批年轻的技术人员共同努力下，"问题"飞机被"改造"完毕。

随后，飞机顺利进行了第二次试制，并通过了质量检验，开始大批装备部队。

取得米格飞机制造权

1961 年 2 月，远在莫斯科的赫鲁晓夫突然给毛泽东写来一封信，信的内容是：

> 苏联愿意向中国转让"米格—21"战斗机的制造权，希望中国政府尽快派代表团到莫斯科谈判。

对于赫鲁晓夫这种反复无常的举动，我国政府满腹疑虑，不得不思前顾后。毛泽东阅毕赫鲁晓夫的来信，随即批转给国务院和中央军委。

国务院和中央军委决定，让三机部所属的航空局先充分酝酿一下，然后提出初步意见。

空军司令员刘亚楼，三机部副部长兼航空局局长薛少卿、副局长徐昌裕等有关方面负责人，立即召开会议，具体商讨这个令人棘手的问题。

经过认真分析和探讨，空军和航空局一致认为：

> "米格—21"战斗机是当前世界上比较先进的一种新型歼击机，如果苏联政府真有诚意将它的制造权转让给我们，那无疑是对中国航空

引进改造

工业的一次转机。

这不但解决了我国空军后继机种告急的问题，也可让我们的飞机设计、制造部门来个大练兵。

即在吃透"米格－21"战斗机的各种性能基础上，设计制造出我们自己的新型歼击机。

会议还认为，"米格－21"战斗机的制造权我们可以要，但不能允许苏联政府以此为借口附带任何条件。会议建议中央迅速派出代表团，赴苏进行谈判。

随后，周恩来在西花厅召开了专门会议。会议决定，由空军司令员刘亚楼率代表团前往莫斯科谈判。

代表团抵达苏联后，住在莫斯科的"北京饭店"，刘亚楼住在我国驻苏联的大使馆中。

随后的几天，尽管双方都怀有戒心，处处小心谨慎，但谈判进展得还是比较顺利。

在谈判过程中，代表团提出要看看"米格－21"飞机的制造情况，苏方也同意他们到该飞机的制造厂去参观三天。

这天，列车载着中国代表团驶向高尔基城。第二天早晨，中国代表团抵达制造"米格－21"飞机工厂所在地高尔基城。

下了火车后，中国代表团不顾旅途疲劳，立即参观飞机制造厂。当中国代表团一出现在苏方高大的厂房中时，苏联工人纷纷放下手中的工具迎上前来鼓掌欢迎。

苏联工人诚恳的表情、热烈的掌声，使中国代表团深受感动。

在总装车间、部件装配车间、零件生产车间，中国代表团在刘亚楼率领下，一道工序一道工序、一条生产线一条生产线地认真询问，生怕漏掉一个细小的环节。

一天紧张的参观结束了，代表们被请进工厂厂长办公室外间的会议室中作短暂小憩，待工厂为代表团安排完住处后，准备第二天继续参观时，陪同参观的德沃连钦科，却要代表团全体成员必须在当晚乘火车返回莫斯科。

会议室中的气氛顿时紧张起来，大家把目光都投向了刘亚楼。

刘亚楼瞥了一眼德沃连钦科，嘴角抽搐了一下，当时就板起面孔用俄语冷冷地说："你们答应让我们参观三天，现在刚看完一天，脑子里还有好些问题需要和工厂谈一谈。可你今天就让我们回去，这是什么意思？"

德沃连钦科没好气地说："根据我国法律规定，外国人未带护照不得在莫斯科以外的城市中住宿，必须当天返回去！"

工厂厂长一看情况不妙，再吵下去德沃连钦科就会越陷越被动，于是，他慌忙来到刘亚楼跟前指了指会议室里面的厂长办公室悄声劝道："请到里屋谈吧。"

几个人来到厂长办公室，双方一时僵持不下。

引进改造

最后，工厂厂长建议说："中国同志全天只初步看了厂里的一些情况，还有许多问题需要进一步了解。我看是不是留下几位专家，以便继续参观和进行讨论，其他的人可以先回莫斯科去？"

这样，双方于是都作了让步，中国6名航空专家留在工厂继续参观，其他人在刘亚楼率领下，愤愤地登上了开往莫斯科的列车。

1961年3月30日，"米格－21"飞机的制造权转让谈判正式签字并生效。同年8月，苏联有关方面将制造"米格－21"飞机的技术资料，陆续交付给沈阳飞机制造厂。

沈阳飞机制造厂的技术人员，按苏方所提供的俄文技术资料目录与内容核对后，发现苏方故意将一些重要技术资料扣下了。特别是所提供的"米格－21"飞机样机的部分零件根本无法装配飞机。

对于这些始料不及的问题，迫使国务院国防工业办公室迅速作出决定：

飞机设计、制造等部门要对"米格－21"飞机进行全面的"技术摸透"，为自行设计新型歼击机埋桩、夯基。

改造米格为国产飞机

1962 年，程不时被指定负责"米格－21"飞机的全面设计技术，"米格－21"飞机的国产机被命名为"歼－7"飞机。

随后，程不时与设计科内的技术人员，以及从其他设计所派来支援的有关人员一起，首先对"歼－7"这种新机型各方面的技术特点进行"摸底"。

它究竟是怎么达到超声速性能的呢？它是如何解决新的性能产生的各种新问题的呢？各个部分有什么特点呢？

在当时，沈阳飞机厂要从"门诊部"似的"各自为政"地单纯仿制一架外国飞机，过渡到"主制工厂"的身份，那么就要对一个产品有一个全盘的了解和总体打算。

"歼－7"的调研工作完成后，程不时被邀请到工厂的管理中心"大白楼"去，作关于这架飞机总的技术特征介绍，并在航空部召开的各厂代表出席的会议上作了"歼－7"的情况介绍。

为了发挥"图形思维"的优势，程不时安排设计人员事先绘出大幅的图纸，成排地张贴在会场内，把"歼－7"从总体到各个值得注意的局部特点，作了清晰

引进改造

的讲解，博得了与会人士的赞许。

首批试制的"歼－7"，是由国外运来部件在国内总装的。程不时马不停蹄地协调现场的安装工作，处理各种技术问题。

1964 年 6 月 25 日，邓小平、李富春、薄一波等中央领导来到沈阳飞机制造厂视察工作。

当视察结束，工厂厂长陆地纲、党委书记王其恭请邓小平作指示时，邓小平风趣地对大家说：

> 没有什么指示。有希望！希望 1967 年把"米格－21"搞出来。

1966 年 1 月 17 日，国产第一架"米格－21"战斗机在沈阳飞机制造厂诞生了。随后，飞机进行首次试飞。

首次试飞非常成功。不久，飞机鉴定开始定型生产。

五、 飞速前进

● 1976 年 4 月 3 日 10 时许，"水轰—5"飞机瞬间启动，在万众欢腾声中翻江倒海，迅即直插天空，试飞一次成功。

● 中央军委根据国防建设的需要，决定研制一种在平时能对敌人起威慑作用、战时能取得局部战争胜利的新飞机，即歼击轰炸机。

● 在飞机方向舵被撕掉的情况下，试飞员急忙收油回航，凭着他高超的飞行技术，飞机安全平稳飞回机场，创下了飞机无方向舵安全着陆的奇迹。

海军立项研制特种飞机

1961 年年末，海军特种飞机研究所在六〇一设计室的基础上成立，国防部任命王洪章为该所副总工程师，后来该所划归六院建制领导。

王洪章，1930 年 10 月 10 日出生于吉林省蛟河县一个普通市民的家庭。4 岁丧母，11 岁丧父，从此王洪章靠打小工为生，苦难的童年铸就了王洪章刚强的性格。

抗日战争胜利后，王洪章参加了革命军队，1950 年 4 月，他被选送到空军第二航校学习。

1960 年，王洪章奉命会同南京航空学院飞机系主任李定夏教授在南京组建水上飞机设计室，以军代表身份任设计室副主任，成为新中国特种飞行器研究事业最早的参与者和领导者之一。

1967 年 8 月的一天，国防科工委第六研究院曹丹辉副院长接见了王洪章，曹丹辉对王洪章说："这次空投原子弹的成功，又为我们的国防添了一块坚实的盾牌。但是，你们搞科学的不要忘了哟，我国还有 300 多万平方公里的海洋专属经济区，有 1.8 万多公里的海岸线，半壁河山面对太平洋，太平洋不太平啊！我们总不能动不动就用原子弹去保卫呀，你看我们还缺少一点什么？"

王洪章沉思片刻，说："依我看，我们的舰队发展迅速，实力不弱。如果能在海空防卫方面增加一点实力，那就更好了。"

曹丹辉说："这就对了。我找你来，就想和你谈谈这件事。前一段时间，海军航空兵已把水上反潜轰炸机列为主要的作战机种。

"目前，我国仅有的几架从苏联那里引进的水上飞机就要退役了，这次再指望老大哥是没戏了。

"外国人封锁我们，硬不卖给我们这种飞机的技术。我们水上飞机部队不仅无法发展，而且面临无机可飞的困境。对此，萧劲光司令员很关心，也很担心。他对原来建立的研究所改作他用很忧虑，希望再尽快组建一个水上飞机研究所。

"你是海军出身，最了解海军的困难，这个任务准备交给你去完成。"

接着，曹丹辉向王洪章转述了六院党委的意图，要求他立即以海军司令员的名义，向中央军委起草一份《关于重建海军特种飞机研究所发展水上飞机》的报告。

随后，王洪章拟就了报告。报告上呈中央军委，叶剑英、聂荣臻都非常重视。不久，经中央军委常委办公会议认真研究，批准了这份报告。

就这样，重建海军特种飞机研究所，开发和研制水上反潜轰炸机的重任，落在了王洪章的肩上。

国防科工委第六研究院党委，责成曹影院长再三告诫王洪章："海军的装备发展很困难，你要抓紧工作，要有紧迫感，要多多依靠海军协助。"

回到东北基地后，他总结了过去 7 年建所的经验教训，制定出一套"边打边建，以打带建"的建所总方针，提出了一个"四项工作一起抓"的系统工程式的建所方法。

没有人就先借。他向"六院十所"借来了潘云龙、谭士义、朱万康等 21 位同志。

第一项工程是抓"水轰－5"飞机方案设计。这是建所的核心，只要抓住了任务，再上项目，其他事就好办了。于是，他指派潘云龙等人开始调研设计。

1968 年 4 月，王洪章他们上报了"水轰－5"飞机的初步方案，经六院、海军和国防科工委的审查，认为基本合格，但需进行一些必要的试验并落实协作单位。随后，国防科工委要求王洪章他们 9 月份再报方案。

王洪章他们的第二项工作，是抓苏制机型的改装研制。这是"水轰－5"飞机研制中，解决试飞员的关键。于是，王洪章派朱守仁等人进行调研和方案评估。

1968 年 3 月上报了第一方案，经六院和海军的审查，基本合格，只要求补充一些零星工作。

第三项工作是抓安家定点。要知道，当时，王洪章他们要在房无一间、地无一垄的条件下，创建海军特种飞机研究所，谈何容易！

工程紧张，为解决燃眉之急，王洪章作出借房的决定。借一间房不难，借 1000 多人生活和工作的空房，不能不说是一个"特级玩笑"。

于是，王洪章就急得抓住海军不放。春节了，他也不回家过；有病了，他也不归所。就这样，在北京一跑就是5个月，不达目的绝不罢休。

这期间，他跑遍了六院、三机部、海军和国防科工委的各级领导机关，踏破了海军有关部门的门槛。

用海军副参谋长来光祖的话说："这个王洪章的磨劲真要命，不给他解决房子问题，他就是不走。"

为此，海军在极端困难的情况下，终于答应了分两步过渡，帮王洪章他们解决房子问题。

海军是先在青岛帮他们解决了临时安家问题，接着帮助王洪章他们确定在湖北某地"定点"。

紧接着，王洪章抓的第四项工作是研究所的组织建设。为了集中人员迅速展开工作，对于衣食住行、小孩上学入托、各种物资供应渠道、机关建设、规章制度等，件件落实。

王洪章心里很清楚，4个方面的工作是相辅相成的。俗话说"兵马未动，粮草先行"嘛，4件中的一件不落实，都将影响"水轰—5"飞机研制的全局。

衣食住行和前期工作解决后，王洪章他们就投入到紧张的后续工作中去。

1968年年底，六院、海军和国防科工委审查通过了土洪章他们的"水轰—5"飞机研制方案。随后，方案上报到中央军委。

飞速前进

12月9日，毛泽东、周恩来批准了"水轰－5"飞机的研制计划，并要求在1970年试飞。

王洪章接到任务后，眼看只有十几个月的时间，他当时就急了，马上召集研制小组成员研究加快进度对策。

最后，他们决定采取"交叉作业法"来抢时间。这种"多头平行开展而又交叉呼应"的方法，是系统学的派生，能大大地节省时间，但劳动强度也大。这样就使王洪章他们处于背水一战的境地了。

王洪章和他的战友们席地绘图，他们不分日夜，只花了13个月的时间就完成了"水轰－5"飞机的总体设计、打样设计、生产设计、模线设计、工程安装设计等工程。

成功研制"水轰—5"飞机

1971 年 7 月，王洪章和他的战友们总共绘出了 5 万多个标准图幅和 400 多张明胶板替代的图纸。

他们还协助工厂绘制了模线和进行工程安装设计，完成了标准件和材料的统计，实现了两万多种零件的跟踪生产任务。

他们边干边学，对任何具体问题都具体分析，抓预见性研究，把隐患揪出来处置，填补一切死角。

王洪章他们认为，飞机研制是多学科、大密度、高综合性的技术领域，真正的问题大多藏在专业交叉的死角上。

中央军委和毛泽东关于"水轰—5"飞机研制的批件已经下来。正在北京日夜奔波并落实研制条件的王洪章已经拿到了三机部关于六〇五所下厂设计、洽谈的文件，准备赴哈尔滨接洽。

时隔不久，王洪章被勒令停职隔离审查。

半年时间过去了，飞机的研制工作陷于瘫痪，六〇五所的建设也已停顿。

这导致"水轰—5"飞机项目削减了 40％的科研骨干力量，一时间人心涣散，怨声载道。大家要求王洪章出来主持工作的呼声越来越强烈。

与此同时，北京也在过问"水轰－5"飞机项目的进度。于是，王洪章暂时又回到了工作岗位。他一出来，就急不可待地直奔"水轰－5"飞机研制的第一线。

回到第一线后，王洪章一观阵势，才知道"水轰－5"飞机已经陷入了半停产状态，于是，他立即主持设计工作，内外协调，实地试验，一头扎了进去。

哥哥病故，王洪章还在岗位上埋头工作。

爱人在青岛因抢救伤员而摔断了腰，长期病卧在医院，他仍然无暇去看望。

就连儿子患了肠梗阻，卧在同样生病的母亲身旁，他也没能回去照料。

此后，从宿舍到工厂约10多公里的路，他机械地每天往返其间。

在那段时间，他顶着巨大的压力，一切重大的关键技术，都坚持亲自掌握。

不久，年仅41岁的王洪章就被医院检查出瞳孔散大。他常常觉得眼冒金花，前胸气闷，并且伴以阵阵剧痛。王洪章顾不了这些，只有咬牙干。

王洪章和战友们在气动力的试验中，做了20个模型，对26个项目试验了8884次。

在水动力的试验中，做了10个模型，对13个项目做了3600多次试验，还对飞机的结构强度和飞机各系统设备进行了数百次试验。

试验说明，参数的选择是合理的，飞机的气动和水动性能完全合乎设计要求。

紧接着，他又转向外线作战，把自己浸泡在飞机身旁，鼓励大家坚持工作。他在哈尔滨组织了跟产队，协同一二二厂投入飞机的试生产，以促进和加强鄂西本部科研基础建设工程。

很多个试验室是设计、试验水上飞机的大本营。他坚决抓住不放，要求齐头并进，平行交叉作业。

随后，王洪章利用从东北到湖北基地的往返之机，向中央报告了水机事业进展缓慢的原因。

国防科委的负责人沉默了。最后，这位负责人说："水机研制的停顿，等于砍断海军的空防臂膀，这是很危险的。这是犯罪！"

半月之后，4辆黑色的小轿车停在六〇五所办公大楼前。国防科委、总参、海军、航空部的有关负责人，视察参观了基建工程现场以后，又听取了多层次的汇报。

随后，他们又召开了大大小小的座谈会，视察者只看不说，很少谈及细节，他们在笔记上做了不少记录，重要的地方还加上了红线。

在临别的最后一次会议上，航空部的领导说了一句话：

> 大家都应该明白："水轰－5"不是一两个人的事业，如果失败，要负责的也绝不只是一两个人，希望大家慎重，自我尊重。

飞速前进

话不多火力强，谁都认为这是在说自己。此后，王洪章受到的干扰和阻力果然小了很多。

在水轰飞机第一线，工人心疼他，不让他干重活。苦的、脏的、累的活工人们抢着干。

因此，104 号工程就以出奇的速度向前推进。101、102、103、109、105、110、112 等关键试验室和 16 项辅助配套工程也陆续完工。

就这样，在三万多平方米科研生产建筑面积和两万多平方米生活建筑面积的施工中，一时间，呈现出一派繁忙景象。

最令王洪章兴奋的是许振技、崔仲山等主持的 6005 号水池工程。

这个水池是全国唯一、亚洲最先进最大的航空水池，水池在房子中间，水深 6 米，房子长度 540 米，房内的轨道长 50 米。

但在轨道未铺和水池没灌水的时候，就因经费短缺而宣布停建了。

于是，刘家旺和他的战友们自己动手施工、安装，按设计规格完成了任务。他们焊接的轨道焊缝不超过一毫米，这极大地保证了水上飞机快速、安定、喷溅和稳定性试验的需要。

为了加快进度、避免失误，王洪章抓住有利时机，大胆提出了 20 多项技术措施和建议，得到工人们的支持，并有计划地执行。

尤其令王洪章欣慰的是，飞机设计、工装设计和模线设计同时展开并相互协调进行，飞机设计、地面试验与成品研制同时协调进行，飞机的试制、试验与试飞平行协调进行。"平行交叉作业方案"自始至终得到了贯彻和落实。

1971年7月，哈尔滨飞机厂完成3架飞机的全部工艺装备设计、生产及安装调试。

11月，第一架飞机运到陕西耀县飞机强度研究所，进行全机静力总体破坏试验。试验结果证明，飞机强度符合设计要求。

1974年12月，第二架飞机经地面试车滑行后，运到湖北基地水上飞机厂，进行二次总装和下水试飞准备。

为确保万无一失，航空工业部和海军司令部组成联合试飞办公室，共同组织协调试飞工作。

1975年5月，飞机牵引下水，又先后进行了30小时滑水试验，完成28个项目的静水试验和滑行试验，4次成功预起飞。

1976年3月底，国务院国防工办副主任叶正大、海军副司令员王万林、海军副参谋长李景、三机部军管会副主任张孔修、三机部副部长萧友明、空军六院军管会副主任周兆平等领导同志检查并批准了"水轰-5"的首飞。

4月3日10时许，鄂西的某内湖，风烟俱净，天水

飞速前进

一色。

　　"水轰—5"飞机瞬间启动，在万众欢腾声中翻江倒海，迅即直插天空，试飞一次成功。

　　为此，党、政、军领导个个神采焕发，赞不绝口：

　　　"水轰—5"飞机试飞成功，是祖国的光荣，也是奋战在航空工业战线上的广大职工的骄傲！

决定研制歼击轰炸机

20 世纪 80 年代初，中央军委根据国防建设的需要，决定研制一种在平时能对敌起威慑作用、战时能取得局部战争胜利的新型飞机，即歼击轰炸机。

歼击轰炸机又称战斗轰炸机，它是以攻击战役战术纵深地区的地面目标为主，投掷外挂炸弹、导弹和火箭等载荷后，仍具备空中战斗能力。

歼击轰炸机具备良好的高速和低速性能、高空和低空性能，飞机上装有完善的火控和导航设备，机身和机翼下部有较多的武器吊挂支架，因而对地攻击威力大、自卫能力强，可取代轻型轰炸机执行各种战术轰炸任务。

随后，国家有关部门将这一任务安排给西安飞机设计研究所，由陈一坚担任总设计师。

陈一坚，1930 年出生在福建省福州市，1948 年就读于厦门大学航空系，1951 年随着院系调整，进入清华大学航空学院学习，1952 年毕业，被分配到哈尔滨飞机厂工作。1955 年，他被选调到沈阳飞机设计室，成为新中国第一个飞机设计室的设计人员。1961 年，沈阳飞机设计所成立以后，他曾任研究室副主任、主任设计师。1964 年他被调到西安飞机设计所。

陈一坚 1980 年任西安飞机设计所副所长兼总设计

师，1982年担任新飞机总设计师。

接受任务后，西安飞机设计所的广大科技人员，在所长和总设计师的带领下，广泛涉猎有关资料。

陈一坚他们大胆摒弃我国国内沿用多年的老规范，选用国际上先进的军用飞机设计规范。

早在1977年2月，中央军委原常规装备发展领导小组下达"飞豹"型号的研制任务时，是把它作为当时部队现役装备"轰－5"飞机的后继机，即第二代空军、海军共用的"通用型"飞机。

为此，西安飞机设计所按要求进行总体方案设计时，采用双人体制、串座型座舱布局，即两名空勤人员在前后舱工作，前舱为驾驶员，后舱为领航员并负责武器投放、发射。

1977年，空军、海军联合召开了第一次方案审议会。1978年，空军、海军又联合召开了第一次成品协调会。

随着空军、海军对战斗机要求的进一步具体化，以及西安所对样机技术上的步步深入，"通用型"飞机的矛盾就显现出来了。

空军要对付的目标是大规模的装甲集群和纵深防御工事。然而，当时世界各国的防空武器已经非常完善，类似"飞豹"型号的歼击轰炸机，几乎没有从高空突破敌方阵地的可能。

空军的"飞豹"需要采取另外一种战术，即作长时间的超低空高速飞行，而且要快速准确地投弹。

要想达到这个要求，两名飞行员之间的配合就显得极为重要。因而，空军希望采用两名飞行员并列双座布局。而海军型"飞豹"的主要任务是攻击水面舰艇，这种任务，几乎完全需要靠仪表来完成，这使得后座电子设备十分复杂。

因此，海军希望能给后座武器操作员留出尽可能大的空间，即希望采用串列双座布局。

为此，总参、国防科工委发文，要求西安所总师部门根据空军、海军的不同要求，对飞机实行"一机两型"的设计原则。经中央军委批准，"飞豹"列为常规武器装备重点研制项目，串座型先走一步。

因此前"飞豹"已经进行了实质并座型样机的审核，研究工作已进入打样设计阶段，因此，空军同时也一再要求加速并座型的研制工作。

1983年12月，由航空工业部高镇宁副部长主持，召开了空军"并座型布局的方案审查会"。

在会上，西安所汇报了并座型的布局方案，提出了一些技术问题。例如，因并座方案机身粗，阻力大，导致最大速度达不到战术指标要求。另外，并座的弹射救生方案还有难处。

陈一坚提出是否要进行必要的试验研究和技术攻关，要安排时间、人力和经费。

随后，与会的其他科技人员也发表了看法，他们认为串、并座型两机同时开展工作，首先是人力、财力不

飞速前进

足，战线拉得太长，担心将顾此失彼，即使是把两型机稍拉开一些研制进度，如一至两年，也难解决这个矛盾。

另外，首批用于定型试飞的有 5 架试验机，各机的飞行试验任务也难安排。有人主张并座型 3 架，串座型 2 架；很多人认为，如果这样，其结果必然是两种型别飞机的试飞周期都要加长，对整个工作十分不利。

西安所的领导们说："还要特别强调的是经费。因为，上边定的总费用仅搞一型已很紧张，两型同时干，实在无法支持。总之，'一机两型'，即同时进行串座型和并座型的攻关，矛盾很大，一时难以加快研制工作。"

1986 年 10 月 20 日至 22 日，由原总参装备部五局、国防科工委六局负责人，再次组织空军、海军和航空工业部机关以及主机所、厂主管，开会讨论了"飞豹"机型的诸多问题。

最后，会议达成了共识，即根据当时主客观条件，只能是集中人力、物力、财力把条件比较好的串座型飞机尽快干出来，早日拿到手，以便积累一些经验。

与此同时，对并座型暂时先开展些课题研究，创造一些条件，适当时机再干。

在会后，总参装备部上报了讨论意见，后经中央军委正式批准，即开始执行。

自此，"飞豹"串座与并座之争，画上了圆满的句号。但经费问题，还在困扰着"飞豹"的研制进程。

1982 年，经国防科工委报请中央军委批准，对"飞豹"项目增加拨款。

后来据财务部门对"飞豹"项目研制经费的统计后预计，费用超支会很大。国防科工委科技部六局、海装、航空工业部机关有关领导，经过一年多的工作，反复调查摸底、算账、论证，最后给所、院、厂下达了费用指标，最大限度地压缩了经费。

1988年2月，海军装备部与西安飞机设计所、西飞公司、试飞院、西安发动机公司，决定以合同制的形式，进行后续的"飞豹"项目的研制。

随后，海军装备部与西安飞机设计所、西飞公司、试飞院、西安发动机公司正式签了研制合同。机载成品、材料、工艺等项目经费也进行了切块分包。

合同制对军方和工业部门都有好处，主要是"责、权、利"明确，能发挥各方面的积极性。总之，合同既有利于保证、促进当时的研制工作，也有利于项目的进一步发展。

同年年底，"飞豹"首制机完成了飞行安全的大型试验，随后实现了首飞。

1991年年初，除试飞院外，各厂、所又有经费严重超支问题。各方面工作虽然都照常进行，但作为主管机关工作上增加了很多困难。一时间，经费又成为老、大、难的关键问题。为此，国防科工委在陕西阎良召开了"飞豹"现场办公会。

在会后，根据有关领导的指示，国防科工委六局、海装飞机部和工业部门领导内部商讨，准备再给厂、所、院增加必要的研究经费。

同时考虑到，同年4月，海军装备部在上海开会研究"飞豹"原型机定型装备部队时，尚需改进后设备舱、增加载油量、满足三防要求，以及军械方面的一些改进，海军上报申请了一些经费。

就这样，国防科工委六局、海装飞机部和工业部门把上述各项都计算在内，国防科工委最后增加了一笔经费。

至此，飞机除可靠性试验研究是另拨专款外，直到飞机设计定型，总的研制费做到了较好控制。

首次使用火控试验机

"飞豹"飞机是我国第一代歼击轰炸机，机上的电子设备多，系统复杂。特别是某型空舰导弹火控系统，是国内最新研制的，系统配套关系多。有多功能雷达、空舰导弹指挥仪、多普勒导航系统、航姿系统、大气数据计算机、飞控计算机等，技术难度十分大。

关于技术上是否可行，总设计师组织论证认为，国外已有先例。于是，总设计师陈一坚提出：用"轰－5"飞机加装刚研制成功的空舰导弹火控系统，作为"飞豹"试验机。这样就需要：第一，西安所解决一笔试验经费；第二，请海军提供一架能飞行的"轰－5"飞机；第三，预计试验周期两至三年。

为此，总装备部汇集有关单位，在国防科工委招待所，召开了专题会进行研讨。最后大家认为，改装和试验进度要快，要真正发挥"先走一步"的试验机作用。

在会后，研制现场副总指挥马承麟报请国防科工委，很快得到批准。在海军李景副司令大力支持下，所提问题很快得到解决。

"飞豹"飞机装的雷达，是由电子工业部兰州七八一厂，于20世纪80年代初研制的对空、对地、对海多功能火控雷达。

飞速前进

其设计性能满足飞机的战术技术要求，只是研制进度的时间略显紧张，但基本能跟上雷达试验机的装机试飞要求。

然而，在 1991 年调整试飞中，发现雷达性能很差，达不到设计指标，故障率高，无法转入定型试飞。空中状态发现目标不连续，截获跟踪不稳；空地状态对地面目标分辨不清，发现困难。雷达整机可靠性差，故障率高……

鉴于该雷达无法进行正常试飞，有人提出换雷达，说立即研制新雷达，但大家都认为难度高，可能性不大。

另一种观点就是，从国外引进，其中主要是想购买俄罗斯的"甲虫"雷达。在当时，航空航天部林宗棠部长正式向中央军委刘华清副主席汇报，并要求陈一坚他们作引进的可行性分析。

在与俄方接触中得知，我方最少需要 3 年才可能拿到装机雷达。而且，以后我方还要解决批量生产的问题。

另外，这条路还可能有政治、经济、技术等方面的风险，一旦拖下去就有中途断送"飞豹"飞机的风险。

于是，经海军、电子部、七八一厂的科研人员的研究，一致主张改进现有雷达。

海军装备部召集有关各部门开会，大家都同意由七八一厂、西安飞机设计所等单位、工程技术人员提出的雷达技术攻关方案。

国防科工委在陕西阎良召开了"飞豹"第六次现场办公会议，听取国防科工委谢光副主任的指示，谢光说："自古华山一条路，飞机定型试飞，原装雷达不变，同意对雷达所存在的问题进行技术攻关。"

飞速前进

试飞"飞豹"并不断改进

1988 年 12 月，国防装备部组织了"飞豹"飞机首飞审查。所有主管技术人员、军代表以及有关部门和军方机关均派代表参加。

审查组逐项审查了放飞条件、飞行安全等。西安主机所、厂全体动员，分头组织参加各项审查工作。

首先，关于装"黑匣子"问题，成了"放飞"的难题。以往新机首飞均没装"黑匣子"，"飞豹"的首制机也没装。但在临近首飞时，试飞院的有关人员提出要装"黑匣子"。加装"黑匣子"就要对飞机进行改装，需要时间。

总设计师部门认为，就在机场上空飞一个航行起落，基本上都在视线范围内，装"黑匣子"的意义不大。

于是，意见分头向上汇报。

接到汇报后，试飞局局长李安屏同意试飞院的意见：加装！而行政指挥系统军机局的意见，则是和总设计师一致：可以不装。

后李安屏经与马承麟反复协调，决定简化"黑匣子"装机状态，主要是少测飞行参数。

此后不久，飞机研制总指挥王昂，到达阎良试飞现场听取了汇报。飞机总设计师陈一坚、总工程师易志斌签字后批准"放飞"。

其二，是发动机的问题。在审查过程中，所有配套成品承制单位，都认真负责地向评审组汇报，共同讨论通过后签字。而对斯贝发动机，西安发动机公司在放飞时不愿签字，理由是斯贝发动机不是他们生产的。

实际上，发动机引进一直是由该厂负责的，有关技术、库存发动机出库检查、试车均由该厂进行，并给出合格证，这些都是有合同规定的。

但当时厂方到会的负责人却不想在放飞单上签字，于是，大家又找到机关负责人协调，最后还是签字了。

另外，试飞院在审查飞机起落架时，又发现了问题。专项地面试验首飞着陆时，前轮发生摆振。

据试飞员讲，座舱仪表板摆得看不清字，好似要散架子，还掉了好几块表，飞机仅差20余米就要冲出跑道了，停下后，检查发现雷达安装支架都震坏了。

事故出人意料，确有后怕！

为此，陈一坚他们连夜组织分析故障原因，后经研究方、制造方共同努力，终于找出了解决办法。

1989年9月，"飞豹"正式移交飞行试验研究院进行调整试飞和鉴定试飞。

在试飞中，先后发生两起燃油主导管接头空中脱开，飞机返场着陆时，尾部白雾一片，很快漏掉两吨多油，幸而飞行员发现得早并及时返航，否则，就可能酿成大祸。

还有一次在雨后飞行中，因继电器渗漏，电路自动接通，使飞机一侧襟翼自动放下，以致飞机突然滚动。当时飞行高度仅几百米，出现这种情况，无疑十分危险。

"飞豹"飞机转入试飞工作后，大小故障比较多，其中令人最为头疼的是飞机垂尾超声速飞行振动。

起初，大家对性质、产生原因有多种说法。有的认为，原来翼尖上的天线是共振源，垂尾尖部结构弱造成振动。还有人认为，主要是垂尾弯曲刚度弱产生的。

对此，陈一坚他们都采取了相应的措施。在接下来的试飞中，振动似乎好了一些，但不久之后又出现了，而且，振动有更严重的趋势。

于是，陈一坚他们决定，在83号飞机垂尾，靠近方向舵前缘的根部和尖部，安装振动传感器，以实测空中的振型和量级。他们将这个想法，向试飞研究院副院长张克荣作了汇报。

张克荣同意了他们的想法。

1992年8月25日上午，飞机升空后，在3000米高度、马赫数接近时，均无振动，飞行正常。

飞机升到高度8000米时，马赫数约1.04时，飞机振动明显。试飞员减速下降，到高度5000米时，平飞正常，加速到1.03马赫，飞机振动不可接受。

继续增速后，随马赫数增加振动加剧，连飞机座舱内仪表指针都摆动得看不清楚。

试飞员急忙收紧油门，只听得飞机尾部发出一声闷响，监控设备显示：飞机方向舵被撕掉！

试飞员大吃一惊，急忙收油回航，凭着他高超的飞行技术，飞机安全平稳飞回机场，创下了飞机无方向舵安全着陆的奇迹。

随后，陈一坚他们取出所测数据进行分析，认定是典型的方向舵"嗡鸣"，即一种典型的破坏性振动。

1992年9月1日，为进一步分析清楚产生嗡鸣的原因及解决办法，国防总装备部邀请试飞所、研究所的专家，进行深入讨论。

1998年9月，"飞豹"通过了设计定型，并装备部队使用。

飞速前进

参考资料

《起飞！中国大飞机》张旭编著 成都时代出版社

《神鹰凌空》孟赤兵 李周书编著 北京航空航天大学
　出版社

《插上翅膀的龙》刘智慧著 解放军文艺出版社

《翼海撷英》程不时编著 北京航空航天大学出版社

《中国圣火》王春才主编 四川人民出版社

《起飞在炮火硝烟中》白崇明著 蓝天出版社

《英雄万岁——东北老航校暨人民空军创建史诗》郭
　晓晔著 解放军文艺出版社

《东北老航校：感念中国人民航空事业的摇篮》麦林
　主编 蓝天出版社